저승서점

저승 서점

여원 소설

도서출판담다

차례

용어 설명　10

저승서점 안내문　11

저승서점 오픈　13

길 잃은 아이　29

마지막 선물　79

어느 군인의 소원　113

인연　127

무화수　171

용어 설명

저승서점 죽은 자를 위한 서점

삼도천 이승과 저승을 이어 주는 강

명부 인간의 태어난 날과 죽은 날을 기록해 놓은 일지

영안 인간이 아닌 존재를 보는 눈

저승사자 죽은 사람을 저승으로 인도하는 자

무화수 꽃이 없는 나무지만, 죽은 영혼을 위로하면 꽃이 핌

언령 말의 힘으로 운명을 바꾸는 주문

운명 조작 운명의 실을 끊거나 새로 엮는 것

업보 추적 전생의 업보나 윤회의 고리를 추적하는 것
원혼의 업보를 추적함

형벌 이승과 저승에서 지은 죄에 대한 대가,
영혼에 내려지는 처벌

청명초 머리를 맑게 해 주고 피로를 씻어 주는 풀
몸을 건강하게 해 주고 상처 난 곳에 새살이 돋게 함

저승서점 안내문

1. 저승서점과의 계약은 관리자 숙희의 판단에 따른다.
2. 계약은 죽은 지 49일이 지나지 않은 영혼만 가능하다. 명부대로 살지 못하고 죽음을 맞은 이들의 소원을 들어줄 수 있다.
3. 저승서점과 계약한 후 책이 판매되면 소원을 이룰 수 있다. 죽은 뒤 49일까지는 계약을 변경할 수 있다. 계약자의 소원 중 인간의 생사에는 개입할 수 없다. 인간은 정해진 수명대로 살아야 하며, 죽음 이후는 저승에서 처리할 업무다. 계약자의 소원을 이루는 과정에서 숙희의 판단에 따라 다른 부가적인 소원이나 해결 방안으로 처리할 수 있다.
4. 저승서점 계약자는 계약과 동시에 이승과 저승의 경계 마을에서 지낸다. 책이 팔리기 전까지는 그곳을 떠날 수 없으며, 그곳에 있는 다른 계약자들과 생활한다.
5. 영혼이 계약된 기억의 책은 신과 도깨비 등 여러 차원에서 구매한다. 책 구매 시, 책에 녹아 있는 인간의 생명력과 능력이 신들에게 영력으로 쌓인다. 그 영력으로 신들과 요정 도깨비들은 능력을 키운다.
6. 49일이 지나면 반품, 환불, 교환이 절대 안 된다. 인간의 모든 것이 새겨져 있어 책을 펼치는 순간 다 흡수된다.

저승서점 오픈

염라대왕이 머무는 저승 명부전.

숙희는 붉은 오랏줄에 묶여 끌려왔다.

"자신의 생명을 버린 자에게 어떤 벌을 내리는 게 좋을까?"

화려한 금빛 의관에 앉아 흑백 도포를 입은 염라.

턱을 괸 채, 차가운 시선으로 내려다보는 염라의 시선에 숙희는 본능적으로 몸을 웅크리고 고개를 떨궜다.

'자살하면 영영 이승을 떠돈다더니 거짓말!'

"자살하면 영영 이승을 떠도는 건 맞다. 게다가 원귀가 되어 잘못 걸리면 소멸하기도 하지. 딱 하나 다른 건, 네가 나의 선택을 받았다는 거다."

속마음을 들킨 숙희는 심장이 덜컹 내려앉는 것 같았다. 염라의 싸늘한 눈빛에 놀라 무릎을 꿇고 빌었다.

"자, 잘못했습니다."

저승 태블릿으로 숙희의 인생을 살펴보던 염라는 골똘히 생각에 잠겼다.

"흐음."

한참 무릎을 꿇고 있던 숙희는 다리가 저려 오는 것을 느꼈다. 아픔을 참으려 했지만 결국 철퍼덕 소리를 내며 옆으로 넘어졌다.

"아…"

적막한 명부전에 숙희가 앓는 소리를 내며 쓰러지자, 옆에 있던 보좌관 진이 염라에게 말을 건넸다.

"염라대왕님, 저자를 어떻게 하실 생각입니까?"

평상시에는 저승시왕들에게 모든 일을 맡기던 염라가 자살한 영혼을 직접 심판하겠다고 하자 모두의 이목이 쏠렸다.

"김숙희, 네 죄가 무엇인지 아느냐?"

쥐가 난 다리의 아픔을 참은 채, 숙희가 힘겹게 말을 꺼냈다.

"자살한 죄로 알고 있습니다."

"맞다. 원래 자살한 영혼은 환생 기회도 얻지 못한 채 사라지게 되지. 삶과 죽음은 자연스럽게 인과의 법칙에 따라 새로 생성되기도 하지만, 사라지는 것 또한 자연의 이치니 말이야."

염라가 말을 이어 가며 허공을 향해 손짓하자 푸른 불빛이 일렁이는 화면에 수많은 사람이 나타났다.

"지금도 수많은 사람이 죽어 가고 있다. 태어나는 자와 죽은 자의 균형이 맞아야 하는데 죽은 자가 더 많아서 한쪽으로 기울어졌어."

푸른 불길 속 화면에는 전쟁으로 죽어 가는 사람, 억울하게 죽임당하는 사람, 자신의 생을 비관해 자살하는 사람까지 수많은 사람의 모습이 빠르게 스쳐 지나갔다.

"명부는 본래 수많은 운명의 선택이 쌓여 만들어진 데이터와 같다. 수많은 선택 속에서 아주 쉽게 죽음을 택하는 이가 많아졌구나. 지금은 그 데이터조차 의미 없을 정도로 삶과 죽음의 인과 법칙이 무너져 버렸어. 내가 왜 이 말을 너에게 하고 있을까?"

'그러니까요. 그걸 제가 어떻게 아냐고요. 전 그저 일반 소시민일 뿐이라고요.'

숙희는 자신에게 왜 이런 얘기를 하는지 이해되지 않았다. 무엇보다 죽자마자 두 눈 부릅뜨고 대기하던 저승사자들한테 끌려온 터라 무섭고 당황스러웠다.

혼란스러운 숙희의 마음을 아는지 염라는 싱긋 웃으며 붉은색 종이에 금색으로 적힌 글을 읽어 내려갔다.

"1900년 3월 18일생 김숙희. 염라의 권한으로 너를 저승서점의 관리자로 임명한다. 계약서에 서명하면, 너의 소원을 들어주겠다."

'소원이라니? 아, 당연히 알고 있는 건가?'

어느새 붉은색 종이가 염라의 손짓 한 번에 가볍게 날아와 숙희의 눈앞에 떨어졌다. 붉은 오랏줄이 저절로 풀리고 보좌관이 건네준 펜을 들고 종이를 쳐다보았다.

"김숙희, 스스로 목숨을 끊은 죄의 대가로 저승서점 관리자가 되거라. 이것은 너에게 새로운 기회이자 남아 있는 미련일 수도 있다. 그리고 모든 일이 끝난 후, 네가 진정으로 원하는 소원을 이루어 주겠다."

염라의 말에 숙희는 자신도 모르게 입을 열었다.

"제 소원이 뭔지 아시나요?"

"알지."

숙희는 염라의 말에 심장이 쿵쾅거렸지만, 간절한 목소리로 외쳤다.

"정말인가요! 진짜 제가 원하는 걸 이루어 주실 건가요?"

"저승서점의 관리자가 되어 열심히 일한다면 가능하지."

"어떤 일을 하면 되는 거죠?"

"저승서점에서 죽은 자를 위한 책을 만들고 무화수에 꽃을 피우는 것이 네 임무다. 그 임무를 완수하기까지 시간이 얼마나 걸릴지는 네 손에 달렸다."

"감사합니다. 저 정말 열심히 하겠습니다!"

'내가 원하는 걸 들어준다고 했어. 그래, 하자. 이건 기회야!'

숙희가 서명하자 계약서가 밝게 빛나며 그녀의 모습 또한 변하기 시작했다.

156cm였던 키가 165cm 정도로 커졌으며, 통통하던 몸은 사라지고 늘씬한 몸매로 바뀌었다. 머리는 치렁치렁하던 긴 머리 대신 윤기 나는 짧은 단발머리로 변했다. 그리고 왼쪽 눈동

자에 붉은빛의 글자가 새겨졌다가 곧 사라졌다.

"네 이름은 여전히 숙희다. 하지만 너와 인연이 있던 사람들은 너를 기억하지 못할 것이다. 내 능력 일부를 네 눈동자에 심어 두었다. 저승서점을 운영할 때 필요할 테니 그 능력을 잘 활용해 보거라."

염라는 시선을 돌려 숙희 옆에 서 있는 남자를 향해 말했다.

"인현아, 당분간 나를 보좌하는 대신 김숙희를 도와 저승서점 업무를 맡아 주면 좋겠구나."

염라 옆에서 수백 년 동안 저승의 굵직한 일을 함께 관리해 오던 인현의 눈빛이 잠시 흔들렸지만, 이내 차분한 표정으로 고개를 숙였다.

"인현아, 믿는다. 저승서점은 무화수가 있는 곳에 세우면 된다. 인현이가 안내해 주거라."

염라는 묵묵히 자신을 지키던 인현을 바라보며 깊은 신뢰의 눈빛을 보냈고, 인현은 더할 나위 없는 정중함으로 허리를 깊숙이 숙여 인사했다.

"오랜만에 이런저런 일을 했더니 피곤하구나. 이제 그만 가거라."

가벼운 한숨을 내쉰 염라가 손을 천천히 내저었다. 더는 말이 필요 없다는 듯 의자에 몸을 기대며 눈을 감았다. 인현은 제대로 일어서지 못하는 숙희를 부축해 명부전을 나갔다.

잠시 후, 적막감이 가득한 명부전 구석에서 한 노파가 살며시 모습을 드러냈다.

"이보시게, 정말 괜찮겠나?"

염라의 시선이 소리 나는 방향으로 향했다.

오랜 세월을 함께한 이들 사이엔 어떤 말도 필요치 않았다. 염라와 노파 또한 그저 운명이 이끄는 방향에 답이 있으리라고 믿을 수밖에 없었다.

"걱정한들 이미 벌어진 일, 말해서 무엇 하겠소. 무화수가 선택한 인간인 것을. 나와 같이 술이나 한잔합시다."

"그러지. 이제 와서 걱정해 봤자 무엇 하겠나."

염라와 노파가 나란히 명부전을 나서자, 그곳에는 조용한 침묵만이 남았다.

*

자정이 넘어가는 시각, 숙희와 인현은 사람들이 오가지 않는 대구의 어느 한적한 주택가로 향했다. 주택가 골목 끝 공터에는 잎만 무성한 나무 한 그루가 있었다.

"아, 이게 무화수인가요?"

"네. 무화수가 있는 곳에서는 숙희 님의 능력도 발휘되고 영혼들도 자연스레 길을 찾게 됩니다."

"이곳에 저승서점을 짓는다고 상상하면 되나요?"

"네, 염라대왕님이 주신 능력입니다. 눈을 감고 한번 해 보십시오."

숙희는 눈을 감고 자신이 원하는 저승서점의 모습을 상상하기 시작했다. 그러자 무화수를 중심으로 건물이 빠르게 들어서기 시작했다.

잠시 후 눈을 뜨자 자신이 상상한 모습 그대로 저승서점이 모습을 드러냈다. 2층 주택으로 이루어진 저승서점은 브라운 원목으로 이루어져 있었다. 부드러운 노란빛 전구가 늘어진 큰 통창과 곳곳이 놓여 있는 초록 화분은 싱그러움을 내뿜었다. 밖에서 보는 저승서점은 따뜻한 느낌을 주는 한옥 카페를 생각나게 했다. 숙희가 문을 열자 맑게 울리는 풍경 소리와 함께 푸른 잎사귀 사이로 반짝이는 빛을 뿜어내는 무화수가 보였다. 곳곳에 놓인 화분과 무화수로 인해 싱그러움이 가득한 서점 안에는 기다란 테이블이 하나 놓여 있고, 책장에는 이름 없는 책들이 꽂혀 있었다. 인현이 저승서점과 삼도천을 연결하는 부적을 찢자 서점 북쪽에 큰 거울이 생겨났다.

인현이 숙희를 불렀다.

"숙희 님, 이곳이 삼도천입니다. 제대로 연결되었는지 확인해 보시죠."

"네!"

인현은 생각보다 빠른 숙희의 적응력에 놀랐지만, 곧바로 삼도천으로 향하는 거울로 다가갔다.

'어쩌다 이렇게 된 거지? 염라의 보좌관이라면, 대체 몇 살이지? 차라리 반말을 하던가! 불편하다 불편해. 저분이랑 일 잘할 수 있겠지?'

숙희는 한숨을 내쉬며 인현의 뒤를 따라 거울 안으로 발걸음을 내디뎠다.

삼도천 전체를 환하게 비추는 큰 보름달, 끝없이 펼쳐진 들판과 강, 쉴 새 없이 이어지는 영혼들의 발걸음, 그리고 영혼을 싣고 삼도천을 건너는 수많은 배를 보며 숙희는 그제야 자신이 진짜 죽었다는 것을 실감할 수 있었다.

'아, 나 진짜 죽었구나.'

숙희는 삼도천으로 향하는 영혼들을 바라보자니 마음이 심란해졌다.

'죽기 전에 이런 기회가 있었더라면 얼마나 좋았을까.'

자신의 소원은 딱 하나였다. 억울하게 생을 마감한 동생을 다시 만나는 것. 죽은 뒤에야 그것을 이룰 기회를 얻게 된 것이 한편으로는 다행이라는 생각이 들면서도 씁쓸했다.

'됐어, 어차피 나는 죽었어. 인정할 건 인정하자. 소원만 생각해. 넌 할 수 있어!'

숙희는 굳은 다짐과 함께 삼도천을 뒤로한 채 저승서점으로 돌아왔다.

염라가 준 능력으로 저승서점을 만든 숙희는 한참 동안 서점을 꾸미며 시간을 보냈다.

"인현 님, 이쪽으로 방을 만들까요? 저승차사니까 북쪽이 길한가? 욕실에는 비데도 만들까요? 스타일 워시 필요해요? 식기세척기도 할게요!"

"저는 침대는 가장 큰 사이즈로 부탁드립니다. 잠은 정말 소중하니까요. 욕실 벽은 화이트로 바닥은 옅은 그레이로 해 주시고, 샤워기는 수압상승 샤워기 헤드로 해 주십시오. 수압이 약한 건 정말 최악입니다."

숙희와 저승차사 인현은 서로의 취향과 생각이 뚜렷해서인지 생각보다 장단이 잘 맞았다. 두 사람은 서로의 취향을 의논하고 엮어 서점을 꾸몄다.

저승서점이 생긴 뒤로 어디에서 어떤 소문이 퍼졌는지 매일

자정이 되면 저승서점 앞은 잡귀와 영혼들, 그리고 저승사자들로 문전성시를 이루었다. 새벽 2시가 넘은 시간, 영혼들의 북적이는 소리에 블라인드를 살짝 들쳐 본 숙희는 붉은 눈의 영혼과 마주치는 순간 철퍼덕 주저앉고 말았다.

"아휴, 깜짝이야. 아니 저놈은 눈이 왜 붉은 거예요?"

"그놈은 악귀입니다. 뒤에 저승차사들이 잡아갈 겁니다. 안 그래도 요새 저승서점이 생기자, 승진자가 대폭 늘었다고 합니다. 무화수 향기에 이끌려 온 악귀나 잡귀가 꽤 많다고 하더군요."

큰 통창에 원목 블라인드를 걷자 수많은 영혼과 잡귀가 통창으로 안을 들여다보려고 애썼다.

"숙희 님, 저들은 이 안을 들여다볼 수 없습니다. 이 영혼을 보십시오. 사망 후 49일이 지나지 않은 영혼은 이렇게 푸르스름한 장막에 쌓여 있습니다. 저희는 이런 영혼 중에서 문을 열고 들어오는 대상과 계약을 진행합니다."

인현의 말에 숙희는 깊은 한숨을 내쉬었다.

"이렇게 몰려오는데 왜 아무도 들어오지 않는 거죠?"

오늘도 어김없이 날을 새야 한다는 생각에 숙희는 한숨이 먼저 나왔다.

"밤 10시면 곯아떨어지던 내가 야간 근무라니."

숙희는 오늘도 통창이 보이는 책상에 앉아 턱을 괴고 밖을 바라보며 중얼거렸다.

"인현 님, 저기 책장에 가득 찬 책을 다 계약해야 하는데 언젠 가는 할 수 있겠죠?"

숙희는 울상을 지으며 소심하게 말했다. 인현은 고개를 끄덕이며 나지막하게 말했다.

"한 번 물꼬가 트이면 정신없이 바쁠 겁니다. 숙희 님은 원하는 영혼과 계약하면 됩니다."

"후우…. 인현 님, 저기 하진이라는 저승차사님이 악귀에게 또 당했나 봐요."

"훗, 신입 저승차사라면 누구나 한 번쯤 겪는 통과의례 같은 일입니다."

"이제는 저승차사님들 이름도 외울 정도인데, 계약자는 아직 한 명도 없다니…."

오늘도 어김없이 영혼들로 북적이던 시간이 지나고 새벽 4시가 되자 잡귀와 영혼이 하나둘 자취를 감추기 시작했다. 마지막 영혼이 삼도천을 향해 사라지자, 숙희와 인현은 말없이 소파에 몸을 기댔다.

숙희는 무의식적으로 왼쪽 눈을 만졌다. 염라가 준 능력이 있는 눈동자. 영혼을 보면 그 사람의 정보가 자연적으로 보여 영혼에 대해 파악하기 쉬웠다.

'이게 말로만 듣던 상태창?'

숙희는 자기의 능력을 하나하나 파악해 가며 조금씩 능력을 사용하는 데 익숙해지고 있었다. 계약을 기다리는 이름 없는 책이 책장 가득 꽂혀 있고 통창 너머에는 영혼이 넘쳐나지만, 정작 계약하겠다고 들어오는 영혼은 하나도 없다는 점이 숙희를 불안하게 했다.

"숙희 님, 어차피 저희 업무는 무화수에 꽃을 피우는 겁니다. 마음을 편하게 가지십시오. 무화수가 인연이 되는 영혼을 데려와 줄 겁니다. 염라대왕님도 숙희 님이 원하는 대로 천천히 진행하면 된다고 하셨으니 걱정하지 마세요."

몇 달째 저승서점에서 삼도천으로 가는 영혼을 바라보는 것 외에는 계약조차 하지 못하는 자신을 위로하는 인현의 말에 숙희는 씁쓸한 미소를 지었다.

"인현 님, 왜 하필 저였을까요?"

숙희는 자신이 선택된 이유도, 무엇을 해야 할지도 모호하기만 했다.

"글쎄요. 왜 하필 숙희 님인지는 모르지만, 당신만이 할 수 있는 일이기에 선택된 것 아니겠습니까."

담담한 목소리로 자신을 위로하는 인현의 말에 안심이 되었지만, 저승서점에서 자신이 할 수 있는 것이 무엇인지는 여전히 알 수 없었다.

 숙희는 오늘도 어김없이 서점 한가운데서 치유의 빛을 내뿜는 무화수를 바라보며 생각했다.

 '내가 정말 저 무화수에 꽃을 피울 수 있을까?'

길 잃은 아이

딸랑.

새벽 5시경, 오늘도 어김없이 공쳤다는 생각에 2층으로 올라가려던 두 사람은 출입구에서 울리는 풍경 소리에 고개를 돌렸다. 몇 달 만에 드디어 저승서점 문이 열렸다. 문에 달린 풍경이 울리며 한 여자아이가 들어왔다.

"도와주세요."

숙희는 서점 입구에 들어선 작은 여자아이의 모습에 놀라 숨이 멎는 듯했다. 인현은 시선을 돌려 조용히 아이에게 다가갔다. 저승서점으로 들어오는 영혼은 살아 있을 때와 똑같이 생기 넘치는 모습으로 변한다. 하지만 지금 서점에 들어선 여자아이는 사람의 형상을 하되 군데군데 뜯긴 상처가 그대로인 처참한 모습으로 서 있었다.

"흠, 아직 육신이 회수가 안 됐군요."

"육신이 회수가 안 됐다니요?"

"장례를 치르지 못했다는 뜻입니다. 혼과 분리된 육신이 장례를 치르지 못하거나 발견되지 않은 거죠."

"아, 그런 경우도 있군요."

뜻밖의 사실을 알게 된 숙희는 안타까운 눈빛으로 아이를 바라보았다. 말과 달리 태연한 표정으로 인현이 손을 내밀자, 아이는 잠시 머뭇거리다가 그의 손을 잡았다. 인현은 조심스럽게 아이의 손을 잡고는 서점 한가운데 있는 무화수 아래 테이블로 데려가 앉혔다.

그 순간 무화수에서 은은한 빛이 반짝이며 아이의 영혼 위로 내려앉았다. 빛이 닿자 아이의 상처가 서서히 아물기 시작했다. 숙희가 놀란 듯 눈을 크게 뜨고 조용히 말했다.

"이게 무화수의 치유력인가 봐요."

"영혼을 치유하는 능력이라니. 꽃이 피면 어떤 능력이 발현될지 기대되는군요."

두 사람은 빛나는 무화수와 나무에서 뿜어져 나오는 빛으로 치유되고 있는 아이를 조용히 바라보았다.

"안녕? 이름이 자겸이구나."

숙희가 인사하며 코코아를 내밀자, 아이는 달콤한 냄새에 이끌리듯 컵을 손에 쥐었다. 죽고 난 뒤로 느껴보지 못했던 따뜻함에 놀란 듯 컵을 들고 멍하니 코코아를 바라보고 있었다. 죽은 영혼은 본래 온기를 느낄 수 없지만, 저승서점 안에서는 살아 있을 때와 똑같이 모든 감각이 되살아난다.

자겸이 멍하니 김이 피어오르는 코코아만 뚫어지게 바라보자, 숙희는 조용히 일어나 식은 컵을 거두고 다시 따뜻한 코코아를 내밀며 말했다.

"마셔도 돼. 얼마든지 있어."

자겸은 그제야 따뜻한 코코아를 입가로 가져갔다. 인현과 숙희는 아이가 코코아를 마시는 동안 조용히 담요와 인형을 챙겨 곁에 두었다. 서점 문이 열리는 순간 숙희의 눈에 자겸의 명부가 떠올랐고, 내용을 확인한 그녀는 안타까움에 조용히 한숨을 내쉬었다. 명부에는 자겸의 사망 원인과 죽기 전에 선택할 수 있었던 수많은 운명선이 나열되어 있었다. 하지만 어린아이가 선택한 것은 가장 본능적인 생존 욕구에 이끌린 결과였다.
"인현 님, 제가 보내드린 명부 보이세요?"
"네, 지금 보니 자겸이가 저승서점을 찾아온 것 자체가 기적이군요."
"그런데 명부를 보니 이해되지 않는 점이 있어요. 자겸이는 그저 살고자 했는데 죽었잖아요."
"말씀드렸잖습니까. 운명이란 결국 하나의 데이터입니다. 언제나 선택의 집합이죠. 무수한 선택지가 존재하지만, 우리가 볼 수 있는 건 그중 일부에 불과합니다."
 안쓰러운 마음에 숙희는 자겸에게 다가가 따뜻하게 안아 주었다. 아이는 그제야 긴장이 풀린 듯 참았던 눈물을 흘렸다. 숙희는 책장에 꽂힌 이름 없는 책을 꺼내 자겸의 앞에 앉았다. 이유를 설명할 순 없지만, 자겸과 계약해야 한다는 생각이 강렬하게 들었다.

"자겸아, 여긴 저승서점이란 곳이야. 죽은 영혼의 마지막 소원을 들어주는 특별한 곳이지. 나와 계약하면 너의 이야기를 책으로 만들고, 너는 소원을 빌 수 있어. 나랑 계약할래?"

아이는 빈 컵을 움켜쥔 채 가만히 앉아 있었다. 잠시 침묵이 흐른 뒤, 아이 입에서 조그마한 목소리가 새어 나왔다.

"언니, 계약하면… 아빠랑 엄마 만날 수 있어요?"

숙희는 잠시 말을 잇지 못하고 인현을 바라보았다.

"아직 저승에 계시면 가능합니다."

"할 수 있대! 잠시만 기다려."

"대신 자겸아, 아빠는 바로 만날 수 없을 거야. 아빠가 바빠서 시간이 조금 걸릴 거야. 나도 이번이 처음이라…. 우선 엄마부터 만날 수 있는지 확인해 볼게."

"괜찮아요. 아빠는 항상 바쁜 거 알아요."

해맑게 웃는 자겸의 모습에 숙희는 조심스레 아이의 머리를 쓰다듬어 주었다. 인현은 저승넷을 열어 자겸의 명부를 확인한 뒤, 부모 이름을 검색했다. 숙희가 인현을 바라보자, 인현이 입꼬리를 올리며 고개를 끄덕였다.

"자겸아! 엄마 만날 수 있대!"

한 번도 만난 적 없는 엄마를 만날 수 있다는 말에 자겸은 자기도 모르게 얼굴 가득 미소를 지었다.

"저 엄마 만날래요. 계약할래요!"

작은 입에서 쏟아지는 소원에 아이의 얼굴이 점점 더 환해졌다.

잠시 후, 세 사람은 마주 보고 앉았다. 탁자 위에는 짙은 감색 표지에 화려한 금빛 문양이 새겨진 얇은 책이 놓여 있었다.

"소원을 비는 방법은 간단해. 이 책 위에 손을 올리고 네가 원하는 소원을 말하면 돼. 대신 책이 팔리기 전까지는 저승과 이승의 경계에 있는 마을에서 지낼 거야. 솔직히 책이 언제 팔릴지는 알 수 없어. 그래도 계약할래?"

아이는 두 눈을 반짝이며 기대에 찬 얼굴로 연신 고개를 끄덕였다.

"두 사람, 잠시 기다리세요."

프린터에서 종이가 출력되는 소리와 함께 인현이 일어섰다. 종이 몇 장을 가져온 인현은 자겸의 맞은편에 앉아 진지한 표정으로 두 사람을 바라보았다.

"죽어서도 안락한 삶을 살고 싶다면 사기당하지 않는 것이 중요합니다. 모든 계약은 제대로 이해하고, 확실히 해야 합니다. 혹시 모를 독소 조항이 있지는 않은지, 이 계약은 어떤 이익이 있는지, 어떤 손해를 입을 수 있는지 꼼꼼히 따져 봐야 하죠. 계약 전에 자겸이에게 설명해 줘도 괜찮겠습니까?"

"혹시, 사기당한 적 있는 건…."

숙희의 말에 인현은 잠시 머뭇거리더니 입꼬리를 미세하게 올리며 절제된 미소와 함께 말을 이었다.

"그럴 리가요. 제가 사기를 당할 정도로 부주의한 사람으로 보입니까?"

자신만만한 대답과 다르게 흔들리는 인현의 눈동자를 본 숙희는 다급하게 말을 꺼내 정리했다.

"다, 당연하죠. 참고하겠습니다. 죽어서도 안락한 삶을 위해!"

인현의 표정을 본 순간 더는 깊이 파고들면 안 되겠다는 생각이 강하게 들었다. 잠시 후, 자겸의 눈높이에 맞춰 차분히 설명하는 인현을 바라보며 숙희는 살짝 미소 지었다.

'의외로 허술하시네. 크크.'

한편으로 숙희는 자신이 계약서를 제대로 확인했는지 기억을 되짚어 봤다. 소원을 이루어 준다길래 다급하게 서명한 자기 모습이 떠올랐다.

'아, 사기당한 건 나인가? 혹시 내가 모르는 독소 조항이 있는 건 아니겠지? 계약서 제대로 못 봤는데. 어디서 볼 수 있지? 다시 보내 달라고 하면 혼나려나?'

염라를 만났을 때 느꼈던 위압감이 떠오르자 숙희는 고개를 저었다.

'그냥 하라는 데로 하자. 소원 들어준다고 했잖아.'

소심하기 짝이 없는 숙희는 괜한 불안감에 손가락을 깨물고 다리를 떨다가, 지그시 자신을 바라보는 두 쌍의 눈을 느끼곤 민망한 듯 다리 떠는 것을 멈추었다.

"하하하, 얘기는 다 끝났나요?"

"네, 자겸이는 다 이해했습니다. 이제 숙희 님 차례입니다."

"저요?"

잠시 후, 프린터에서 종이가 연이어 출력되었다. 숙희는 자신도 모르게 맞은편에 앉은 자겸을 바라보았다. 아이의 눈빛에 숙희는 안쓰러운 마음이 들어 눈물이 핑 돌았지만, 입꼬리를 올리며 웃었다. 종이 한 뭉치를 들고 와서는 마치 한 살 아이에게 그림책 읽어 주듯 계약서 조항 하나하나를 설명해 주는 인현의 모습은 더할 나위 없이 진지했다. 어느새 창가로 스며드는 햇빛을 바라보며 숙희는 생각에 잠겼다.

'아, 그냥 계약 때려치울까?'

멍하니 비치는 햇살을 바라보니 눕고 싶은 마음이 간절했다. 죽고 나서 여태껏 피곤함을 몰랐던 숙희는 몰려오는 피곤함에 하품이 절로 나왔다. 계약자보다 계약을 진행하는 저승서점의 약관이 훨씬 많다는 건 이미 알 만한 사실. 진지한 표정으로 자신이 이해할 때까지 설명해 주는 인현에게 차마 그만하자는 말이 나오지 않았다.

"흐음, 이 정도면 됐습니다. 이제 서로 원만하게 계약 진행하시죠."

인현의 설명이 끝나자, 숙희는 소파에 쓰러지듯 기댔다.

"하하, 우선 한숨 자고 일어나서 다시 할까요?"

숙희의 말에 인현이 고개를 돌리자 인형을 품에 안은 채 잠든 자겸의 모습이 보였다. 아이를 손님방에 눕히고 침대에 누운 숙희는 조급하고 답답했던 마음이 조금은 가벼워지는 것을 느꼈다.

'드디어 계약이라는 걸 하는구나.'

인현의 설명을 듣다 보니 저승서점을 어떻게 꾸려 가야 할지 길이 보이는 듯했다.

'나는 왜 계약서를 미리 읽어 볼 생각을 못 했을까. 어쩌면 진짜 도와줘야 할 영혼들을 놓친 건 아닐까? 그래도 첫 계약이라니. 길이 보여서 다행이야.'

마음이 가벼워지자 몰려오는 졸음에 숙희는 눈을 감았다. 그날 저녁, 세 사람은 식사를 하고 무화수 아래 테이블에 다시 앉았다.

"자겸아, 저승서점과 계약하겠니?"

"네."

빠른 대답과 함께 자겸이 활짝 웃으며 이름 없는 책에 손을 살포시 올려놓았다. 그러자 책이 빛나며 표지에 이름이 새겨지기 시작했다.

이자겸.

'제목이 이러면 대체 누가 산다고….'

눈길을 끌 만한 문구 하나 없이 달랑 이름만 새겨진 책. 자겸의 소원을 빠르게 이루어 주고 싶었던 숙희의 마음이 금세 축 처졌다.

'이름만 달랑 적힌 책을 팔아야 한다니. 이거 팔리기나 할까?'

이런 숙희의 마음을 아는지 모르는지 인현은 자겸을 바라보며 입가에 희미한 미소를 띠고 있었다. 그 모습을 보며 숙희는 자겸을 도와주게 되었다는 사실에 만족하기로 했다. 인현은 자겸을 경계 마을에 데려다준다며 자겸의 손을 잡고 삼도천으로 떠났다.

삼도천을 건너자 수많은 갈림길이 보였다. 인현은 자겸의 손을 잡고 하얀 꽃이 가득 핀 길가로 향했다.

"이 꽃길은 저승서점 계약자들을 위해 만든 길입니다."

"우와, 너무 이뻐요!"

"혹시라도 길을 잃어버리면 이 꽃길만 기억하십시오."

"네!"

꽃을 보며 기뻐하는 자겸과 이를 흐뭇한 미소로 지켜보며 나란히 걷던 인현 앞에 흰 안개 가득한 곳이 나타났다. 인현이 가볍게 수인을 맺어 안개를 거두자, 웅장한 나무 문이 나타났다. 문 앞에는 하얀 원피스를 입은 한 여인이 두 사람을 바라보고 있었다.

"아, 정수정 씨. 무사히 도착하셨군요. 오는 길이 힘들지는 않았습니까?"

"저승차사님이 안내해 주신 덕분에 잘 도착했습니다."

수정은 대답하면서도 아이에게서 시선을 떼지 못했다. 그녀가 조심스럽게 다가서자, 고개를 갸웃거리던 자겸이 인현의 뒤로 쏙 숨었다.

"안녕, 자겸이구나. 나는 정수정이야."

자겸은 조심스럽게 내민 여인의 손을 머뭇거리며 바라보았다. 그 순간, 인현이 자겸의 머리를 쓰다듬으며 괜찮다는 듯 말했다.

"엄마를 보고 싶다고 하셨죠. 이분이 바로 자겸 양의 어머니입니다."

자겸은 태어나 처음 마주한 엄마라는 존재가 어딘가 낯설고 어색하게 느껴졌다. 늘 다른 아이들 곁에 있는 엄마라는 존재가 부러웠는데, 이제는 자신에게도 엄마가 있다는 사실이 마냥 기뻤다.

"정말, 우리 엄마예요?"

쭈뼛거리며 조심스레 묻는 자겸을 바라보며 수정은 눈물을 머금은 채 고개를 천천히 끄덕였다.

"그래, 자겸아. 내가 네 엄마야. 드디어 이 이름을 이렇게 불러보네. 엄마랑 아빠가 세상에서 가장 귀하고 따뜻한 아이가 되길 바라며 지은 이름이란다. 정말 예쁘게 컸구나, 우리 아가."

자겸은 처음 듣는 엄마의 목소리에 알 수 없는 따뜻함을 느꼈다. 수정이 천천히 다가가 자겸을 품에 안았다. 자겸은 처음 느껴 보는 포근한 체온과 익숙한 냄새에 본능적으로 두 팔을 뻗어 수정을 꼭 껴안았다. 그 순간 자겸은 엄마란 존재를 온몸으로 또렷하게 느꼈다. 두 사람의 재회를 조용히 지켜보던 인현은 한동안 말없이 고개를 숙이고 있었다. 잠시 후, 인현은 차분한 목소리로 입을 열었다.

"이제 함께 머무를 경계 마을로 안내해 드리겠습니다."

수정은 아이를 안은 채로 고개를 숙이며 말했다.

"정말 감사합니다. 진심으로요."

자겸도 인현을 향해 환하게 웃으며 큰 소리로 외쳤다.

"아저씨! 나도 고마워요!"

그 해맑은 미소에 인현의 입가에 저절로 미소가 번졌다.

저승서점 홈페이지에 드디어 첫 책이 올라갔다. 계약과 동시에 새겨진 책의 능력. 영혼과의 계약으로 만들어진 책은 전 차원에서 몇 군데 없었다. 책을 구매한 자는 그 영혼이 가지고 있던 생명력과 고유한 능력을 사용할 수 있다.

저승서점 첫 계약자인 자겸의 소원을 위해 숙희와 인현이 바쁘게 움직이기 시작했다.

*

"제기랄, 재수 없게. 거기서 튀어나오고 지랄이야."

새벽녘, 피반령 터널을 지나 졸음 휴게소에 들른 현철의 입에서 욕이 튀어나왔다.

일주일 전 밤 11시경, 갑자기 새벽 물류 이동이 취소되어 퇴근을 서둘렀던 게 잘못일까? 양쪽으로 불법 주차한 차들이 문제였을까? 갑자기 차 사이로 튀어나온 아이와 부딪혔다. 둔탁한 충격음이 꽤 컸지만, 골목은 여전히 조용했다. 현철이 차에서 내려 살펴보니 아이는 숨을 쉬지 않았다. 혹시라도 감시 카메라가 있을까 싶어 주위를 꼼꼼히 둘러보다가 아이를 차에 태웠다. 입안에서는 술 냄새가 풍겨 오고, 이대로 병원에 갔다가는 자신이 꼼짝없이 모든 것을 덮어쓸 것 같다는 두려움에 차를 끌고 고속도로로 향했다. 자신이 자주 가던 졸음 휴게소에 들른 현철은 시동을 끄고 한숨을 내쉬었다.

"어떡하지? 이번에도 음주로 걸리면 또 정지인데."

얼마 전 면허 정지가 풀린 현철은 이마를 짚더니 머리를 헝클어 쥐었다.

"아, 진짜…. 왜 이렇게 되는 일이 없어!"

몇 번이나 음주 처벌을 받은 현철이 입술을 꽉 깨문 채로 정신을 잃은 아이를 노려보았다. 온몸이 만신창이가 되어 미동도 없이 누워 있는 아이 모습에 짜증이 솟구쳤다. 아이를 차로 친 일이 변하지 않는 현실이라는 사실에 절규했다.

"악! 씨발, 이제 좀 살아보겠다는데! 재수 없게 왜 자꾸 이런 일이 일어나는 거야!"

현철은 끓어오르는 분노에 악을 쓰며 소리를 질러 보았지만, 상황을 바꿀 수 없음을 깨닫고는 머리를 굴렸다.

'애새끼를 어떻게 관리했길래 그 시간에 애가 쳐 나와. 분명히 제대로 된 집안이 아닐 거야. 게다가 이미 죽었어. 목격자도 없고. 그냥 조용히 덮어 버릴까? 차라리 아이가 죽은 것보다 살아 있다고 믿게 하는 게 부모한테는 더 좋은 거 아냐?'

술기운에 멋대로 결정을 내린 현철은 졸음 휴게소 뒤편에 있는 산을 바라보았다. 사람이 오가는 작은 길을 확인한 뒤 그대로 차로 돌아가 시동을 걸었다. 휴게소를 빠져나와 조금 거리가 떨어진 곳에 차를 세우고 현철은 부지런히 움직였다. 새벽 3시 무렵 지나가는 차가 없는 한적한 고속도로 옆 산길, 현철은 커다란 가방을 메고 으슥한 산길을 올랐다.

 일주일 전에 아이를 묻었던 휴게소에 도착한 현철은 서늘하고 오싹한 공기에 몸을 움츠렸다. 누군가가 발견했을까 봐 얼마나 두려웠던가. 일주일 내내 뉴스를 뒤져도 아무 소식이 없긴 했지만, 직접 눈으로 적막한 휴게소 풍경을 보니 그제야 안심이 되었다.
 '그러게, 씨발. 내 잘못이 아니야. 어차피 병원에 가도 소용없었어.'
 부산으로 가기 위해 다시 운전석에 앉은 현철은 안개 낀 휴게소 뒤편을 슬쩍 훑어보고는 시동을 걸었다.
 '어차피 벌어진 일이야. 죽은 애는 불쌍하지만, 산 사람은 살아야지.'
 현철은 애써 떠오르는 기억을 지워 버리려는 듯 머리를 세차게 흔들고 운전에 집중했다. 한참 부산을 향해 가던 중 전화가 울렸다. 다섯 살 난 아들 전화에 현철은 급하게 통화 버튼을 눌렀다.

"어, 아들. 왜 깼어?"

자다 깬 아들 목소리에 현철은 자신도 모르게 부드러운 목소리가 흘러나왔다.

"아빠, 나 무서운 꿈 꿨어. 아빠 언제 와?"

"우리 아들 많이 무서웠어? 키가 크려고 그러나? 괜찮아. 아빠 이따 낮에 갈 거야. 어서 할머니 옆에 가서 다시 자. 아빠도 키 클 때 무서운 꿈도 꾸고 떨어지는 꿈도 꾸고 그랬어."

"힝, 아빠 옆에서 자고 싶은데."

현철은 칭얼대는 아들 목소리가 안타까웠지만, 다시 한번 아들을 다독였다.

"아빠가 지금 갈 수 없잖아. 아빠가 오늘도 일하면서 지켜 줄 테니까. 어서 할머니한테 가. 그래야 내일 유치원에 가지."

"응, 아빠. 운전 조심해. 내일 빨리 와!"

"그래. 사랑하는 우리 아들 잘 자. 이제 좋은 꿈 꿀 거야."

아들 목소리에 기운이 난 현철은 음악을 켜고 콧노래를 부르며 액셀을 밟았다.

그런 현철을 바라보던 인현과 숙희는 현철의 행동에 혀를 내둘렀다.

"사람의 탈을 쓰고 어떻게 저럴 수 있죠? 자식도 있는 사람이!"

현철의 트럭 옆 좌석에 앉아 현철의 모습을 바라보던 숙희가 울분을 터트렸다. 인현은 익숙한 듯 가만히 앉아 태블릿을 만지작거렸다.

"숙희 님, 자겸이 첫 번째 소원이 엄마를 만나는 거라고 했죠?"

"네. 두 번째가 아빠, 그다음은 할머니. 모두 다음 생에 같이 살고 싶다고 했어요."

"그렇다면 이제 우리가 해야 할 일도 명확합니다. 주어진 권한이 괜히 있는 게 아닙니다. 염라께서 주신 힘이라면, 그것을 반드시 쓰라는 의미죠. 이제 이성적으로 힘을 쓸 방법을 찾아봅시다."

인현의 말에 숙희가 영문을 몰라 고개를 갸웃거렸다. 인현은 태블릿의 저승서점 안내문을 띄워 보여 주었다.

"3번 조항 보시죠."

[저승서점 안내문]

3. 저승서점과 계약한 후 책이 판매되면 소원을 이룰 수 있다. 죽은 뒤 49일까지는 계약을 변경할 수 있다. 계약자의 소원 중 인간의 생사에는 개입할 수 없다. 인간은 정해진 수명대로 살아야 하며, 죽음 이후는 저승에서 처리할 업무다. 계약자의 소원을 이루는 과정에서 숙희의 판단에 따라 다른 부가적인 소원이나 해결 방안으로 처리할 수 있다.

인현은 입꼬리를 올리고는 스산한 목소리로 낮게 중얼거렸다.

"숙희 님, 생사에 개입하지만 않는다면 무엇이든 할 수 있습니다. 죽이지만 않으면 되는 것 아닙니까?"

인현의 말에 숙희는 머리를 한 대 맞은 듯 멍해졌다.

"어, 그러면… 제 맘대로 해도 되나요?"

"네. 염라께서 직접 주신 권한은 막강합니다. 저에게 이런 조항을 알려 주신 것도 그분이십니다. 저는 이런 조항들을 이용해 저승에서 업무를 했기에 잘 압니다. 이 조항은 생각보다 많은 권한을 주신 겁니다. 무화수에 꽃이 피려면 영혼이 치유되어야 합니다. 그런데 과연 그리웠던 엄마를 만난다고 해서 억울하게 죽은 것 또한 치유될까요?"

자겸이 다섯 살이라는 인식은 어느새 두 사람에게 저 멀리 날아갔다.

"아뇨! 안 되죠! 당연하죠!"

숙희와 인현은 이글거리는 눈으로 현철을 바라보며 의지를 불태웠다.

"씨발, 갑자기 왜 이렇게 추워?"

운전하다가 히터를 켜는 현철을 지켜보던 두 사람은 서로를 힐끗 바라보다가 이내 히죽 웃음을 터뜨렸다.

"히히, 우선 염라의 보좌관이신 인현 님의 현명한 지혜가 필요합니다."

 약간은 비굴하면서도 얄팍한 숙희의 목소리에 인현은 진지한 표정으로 태블릿으로 시선을 옮겼다. 한평생 남에게 싫은 소리 한번 해 보지 못했던 숙희였다. 괴로운 마음에 혼자 속앓이 하다가 죽음까지 선택했던 자신. 죽고 나서 자신이 멍청했다고 얼마나 후회했던가. 다시 기회를 얻은 숙희는 이제는 후회하지 않기 위해 하고 싶은 대로, 표현하고 싶은 대로 살기로 굳게 결심했다. 그 결의에 불을 지핀 이는 바로 염라의 보좌관이자 수백 년을 살아온 저승차사 인현이었다.

 '그래, 저 자신 있는 모습. 저승차사라면 저 정도 굳은 심지와 의견을 피력할 수 있어야지! 이제부터 인현 님을 보고 배워야겠어.'

 "숙희 님, 저희는 무화수 꽃을 피워야 합니다. 그리고 우리에게는 이 자를 벌할 정당한 이유가 있습니다. 여기 한번 살펴보십시오."

 현철의 명부를 살피던 두 사람은 한 지점에서 눈길이 멈췄다.
 "어머! 이놈 진짜 진짜 나쁜 놈이네요!"
 "역시, 그렇게 생각할 줄 알았습니다. 숙희 님, 이놈은 처절하게 당해 봐야 합니다."

 이글거리는 눈빛으로 현철을 죽일 듯 바라보던 인현은 숙희의 손을 잡았다.

"가시죠. 해야 할 일이 많습니다."

아직 이동 능력을 쓰는 게 쉽지 않은 숙희의 손을 인현이 잡자 두 사람은 트럭에서 흔적 없이 사라졌다.

"아니, 날씨가 왜 이래? 추웠다가 더웠다가?"

새벽녘, 현철은 다시 히터를 끄고 크게 음악을 튼 채로 고속도로를 내달렸다.

*

찰나의 순간, 공간이 뒤틀리며 인현과 숙희는 낯선 집 안에 서 있었다. 넉넉지 않은 세간살이를 나타내는 듯 낡고 오래된 가구와 인형 몇 개가 전부인 작은 공간이었다. 방 안으로 들어서자 한 남자가 충혈된 눈으로 멍하니 침대에 걸터앉아 바닥만 내려다보고 있었다. 아이 사진이 인쇄된 실종 전단이 축축한 바닥에 널브러져 있고, 그 옆엔 비어 있는 소주병들이 나뒹굴고 있었다.

"이분이 자겸이 아버님이시군요. 정말 안타까워요."

"부모도 자식도 잃었는데 맨정신이겠습니까."

인현과 숙희는 천천히 집을 둘러보곤 바닥에 주저앉았다. 수

백 년 동안 수많은 죽음을 보며 무감각해졌던 인현의 감정이 돌아오기 시작했다. 저승에서는 누구의 죽음에도 악행에도 아무런 감정이 들지 않았다. 어차피 벌을 받을 테니까. 하지만 이승에서 생활하는 동안 그간 깨닫지 못했던 감정이 느껴지기 시작했다. 그 탓일까. 정신이 나간 듯 넋을 놓고 앉아 있는 남자의 모습에 안쓰러운 마음이 들었다. 인현이 손을 들어 가볍게 손짓하자, 남자는 스르르 고개를 떨구며 깊은 잠에 빠져들었다.

"잠은 소중한 겁니다."

인현의 말에 웃음을 터트린 숙희도 잠에 빠져든 남자의 모습에 안도의 한숨을 내쉬었다. 찬찬히 방 안을 둘러보던 숙희는 세 사람이 찍힌 사진을 자세히 살펴보았다.

"자겸이 엄마는 무섭지 않았을까요? 자신이 죽을 줄 알면서도 아이를 낳았잖아요."

"글쎄요. 아마도 자기 목숨보다 아기가 더 소중하다고 생각했겠죠. 자겸이 엄마는 환생의 길도 마다한 채 아이에게 왔습니다. 그게 모든 걸 말해 주죠."

인현의 말에 잠시 정적이 흘렀다. 숙희는 결국 참지 못하고 말을 쏟아냈다.

"저는 솔직히 화가 나요. 이 아이가 무슨 잘못이 있다고 이런 운명을 타고난 거죠? 태어나자마자 엄마를 잃고, 아이도 억울하게 죽고, 혼자 남은 이분은 무슨 죄인가요?"

숙희는 자신도 모르게 꾹꾹 눌러 왔던 말을 인현에게 쏟아부었다.

"너무 안타깝잖아요. 저도 그저 동생이 살아나길 바랐는데. 그거 하나뿐이었는데. 살아 있는 동안 행복하지 못하면 무슨 소용이에요. 흑."

그동안 소심해서 하라는 대로만 하며 감정을 숨겨 왔던 숙희가 처음으로 마음을 꺼내놓자, 인현은 조용히 숙희의 어깨를 토닥여 주었다.

숙희의 울음이 잦아들자, 인현이 조심스레 나지막한 목소리로 말했다.

"사람은 잊지 않기 위해, 또는 고통을 견디지 못해 울기도 합니다. 저도 한때는 고통이 사라지면 마음도 사라진다고 믿었던 적이 있습니다. 하지만 그렇지 않더군요. 남겨진 사람은 결국 기억으로 살아갑니다. 그 기억이 때로는 슬픔이 되고 때로는 아픔도 되지만, 살아가는 힘이 되기도 합니다. 그것뿐입니다. 숙희 님, 하나뿐인 동생을 지키지 못했지만 당신 또한 부모님에게 아픈 기억을 남기고 떠나온 사람 아닙니까?"

인현의 말에 자신 또한 사랑하는 사람들에게 고통스러운 기억을 남겨 준 사람이라는 사실을 깨닫고 숙희는 소리 내 엉엉 울었다. 그때는 죽음만이 유일한 답이라고 믿었다. 모든 게 다 끝났다고 생각했고, 죽는 게 가장 쉬운 방법이라고 생각했다.

하지만 자기 죽음이 결국은 누군가에게 이토록 깊고 슬픈 상처로 남게 될 거란 생각은 왜 못했을까? 문득, 지금 자신이 받은 이 기회는 구원이 아니라 죄에 대한 대가가 아닐까 하는 생각이 들었다. 얼마나 울었을까. 창문으로 빛이 들어오기 시작했다.

"이제 갈까요?"

숙희가 고개를 끄덕이자, 인현은 숙희의 손을 꽉 잡고 저승서점으로 돌아왔다. 서점에 돌아와서 인현이 업무를 보는 동안 숙희는 한참 인현의 주변을 맴돌았다.

"숙희 님. 정신 사납습니다. 할 말 있으면 하십시오."

"어, 인현 님. 못난 꼴 보여서 죄송해요."

"저한테 죄송할 건 없습니다."

"아니, 제 마음이 그렇다는 거죠."

"제 마음은 그렇게 느끼지 않으니 들어가서 쉬십시오."

"쳇!"

아무렇지 않은 듯한 인현의 말에 숙희는 쿵쾅쿵쾅 발소리를 내며 2층으로 향했다.

'인현 님, 그래도 감사합니다.'

"염라대왕님을 뵙습니다."

집무실에서 공무를 보던 염라가 반갑게 인현을 맞이했다.

"그래, 저승서점에서 지내는 건 어떠냐?"

"좋습니다."

"흐음. 일이 많이 없으니 한가하지?"

"아닙니다. 의외로 할 일이 많습니다."

"일 더 시킬까 봐 미리 선수 치는 거라면 이해하지. 숙희는 잘 적응하는 것 같으냐?"

"네, 능력 쓰는 법도 나아지고 있습니다. 약간 소심한 듯하지만, 점차 밝아지고 있습니다."

"그래, 그렇다면 다행이구나. 무화수가 선택한 자가 자살한 영혼이라니. 거 참 신기하군. 운명이란 참으로 얄궂지 않으냐?"

"그래도 몇천 년 만에 선택한 자가 나와서 다행입니다."

"그래, 이제 엉켜 있던 이승과 저승의 경계가 다시 제대로 돌아가길 빌어야지."

염라의 말에 인현은 자신도 모르게 고개를 끄덕였다.

"근데 인현아, 표정이 밝아졌구나. 이승이 그리 좋더냐? 색다른 모습을 보니 좋구나. 흠흠."

헛기침을 내뱉으며 자신을 향해 농을 던지는 염라의 모습에 인현의 입가에도 미소가 번졌다.

"염라대왕님, 한 가지 여쭙고 싶은 게 있습니다."

다시 문서를 살펴보던 염라가 고개를 들자, 인현은 태블릿을 꺼내 저승서점의 계약서를 보여 주었다.

"숙희 님의 권한을 정리해 보았습니다. 여기 적힌 능력을 주신 것이 맞습니까?"

"맞다. 이 능력을 제대로 사용할 수 있도록 네가 도와주거라. 어떻게 사용하는지 인현이 네가 도움을 주면 좋겠구나. 그리고 나가면서 휴대폰 받아 가거라."

"감사합니다. 다음에 뵙겠습니다."

손을 가볍게 휘휘 내젓고 다시 공무를 보는 염라에게 인현은 정중하게 고개를 숙여 인사하고 문을 나섰다. 서점에 도착하자마자 인현은 저도 모르게 새어 나오는 웃음을 두 손으로 간신히 막았다.

"풋, 푸훗."

퉁퉁 부은 눈을 한 채로 내려오는 숙희의 모습에 인현은 자신도 모르게 입을 가리고 어깨를 들썩이며 웃음을 참았다.

"아, 진짜! 웃을 거면 그냥 대놓고 웃으시라고요."

소심하게 중얼거리는 숙희의 말에 인현은 결국 웃음을 터트렸다.

"여기 얼음 찜질팩입니다. 그리고 숙희 님의 능력을 정리해 봤습니다. 앞으로 사용할 일이 많을 테니 한번 살펴보십시오."

명부 보기, 연령, 영혼의 심판, 업보 추적, 형벌, 기억과 감정 조작, 영혼 소환, 부적, 저승서점 도서관 이용, 운명 조작, 저승서점 보고 1관 이용 가능.

"숙희 님이 가진 능력은 대략 이 정도입니다. 그 밑에 세부 설명이 적혀 있습니다. 생과 사에 직접 관여하는 것을 제외하고 나머지는 전부 사용할 수 있다고 염라께서 직접 확인해 주셨습니다. 특히 '저승서점 보고 1관'은 특별한 효능을 지닌 약초, 영물, 부적 등을 보관한 장소로 저희 단독 보고입니다. '보고 1관'이라고 말하면 곧장 이동할 수 있습니다."

"오, 제 능력이 이렇게나 많았어요? 전 그냥 명부 보고 저승서점 꾸미는 게 전부라고 생각했는데."

자신이 명부를 보고 계약자를 정하면 저승에서 자동으로 소원을 처리해 주는 줄 알았던 숙희는 운명을 조작할 수 있다는 사실에 눈이 휘둥그레졌다.

'이 정도면 서점만 운영하는 게 아니라 다른 것도 다 할 수 있는 건가?'

순간 자신에게 이 모든 능력을 준 염라의 판단력에 약간 의구심이 들었다.

'아니, 대체 뭘 믿고 이런 능력을 준 거지? 저승, 이대로 괜찮을까?'

인현은 숙희의 이런 생각과 상관없이 능력을 하나씩 설명해 주었다.

"숙희 님, 그리고 선물이 있습니다."

인현이 가볍게 손뼉을 치자, 손 위로 낯익은 물체 하나가 희미한 전자음과 함께 툭 하고 떨어지듯 나타났다.

"띵."

다름 아닌 휴대폰이었다. 숙희는 눈을 휘둥그레 뜨며 물었다.

"잠깐만요. 저희 컴퓨터랑 태블릿만 쓸 수 있는 거 아니었어요? 우와, 정말 오랜만에 보는 것 같아요."

인현은 장난기 어린 표정으로 휴대폰 화면을 누르며 대답했다.

"휴대폰도 사용할 수 있습니다. 컴퓨터와 태블릿은 저승 인터넷만 가능하지만, 이건 이승과 저승 통신망을 연결한 휴대폰입니다. 염라께서 직접 준비해 주셨습니다."

숙희는 인현의 말에 기쁨을 감출 수 없었다.

"진짜, 너무 좋아요."

"저승과 이승을 연결한 휴대폰은 솔직히 아무나 갖지 못하니다. 아무래도 저희 업무상 살아 있는 자들과도 엮일 수 있기 때문에 준비해 주신 듯합니다."

인현이 미소 지으며 한마디를 덧붙였다.

"저도 처음 받아봅니다."

"아, 그런데 휴대폰 요금은 어떻게 내요?"

숙희의 질문에 인현은 가방에서 휴대폰 계약서를 꺼내 살펴보더니 말해 주었다.

"저승서점 관리비에서 나가기 때문에 편하게 사용하시면 됩니다. 어차피 무제한 요금제입니다. 거기에 기곗값은 염라께서 납부해 주셨습니다."

숙희는 근래에 본 인현의 표정 중 가장 밝게 웃는 모습을 보며, 자신도 모르게 미소를 지었다.

두 사람은 한참 휴대폰을 만지며 인터넷 세계로 빠져들었다.

"숙희 님, 단축키 1번이 제 직통 전화입니다. 톡에 '관직 차사 인현'이라고 되어 있는 게 접니다. 잊지 마시고 친구 추가 꼭 하십시오."

"넵. 인현 님도 혹시 제가 1번인가요?"

숙희는 기대에 찬 눈빛으로 조심스럽게 물었다.

"아니요, 4번입니다. 저승은 4번이 행운의 숫자라."

"앗! 그러면 저도 4번으로 바꿀까요?"

숙희가 잽싸게 휴대폰을 꺼내며 신나게 말했지만, 인현은 단호한 표정으로 거절했다.

"거절합니다. 염라께서 저장해 놓은 것이니 바꾸지 마십시오."

"아, 네."

숙희는 휴대폰을 슬그머니 내려놓으며 억울한 마음에 고개를 숙였다.

'물어보지 말걸! 그냥 말하지 말고 바꿀걸!'

천성이 소심한 숙희는 몰래 단축번호를 바꾸겠다고 다짐하며 방으로 돌아왔다. 익숙한 인터넷 창을 켜자, 몇 달 동안 보지 못했던 이승의 소식이 화면 가득 펼쳐졌다. 그 안의 모든 것이 반가웠다. 낯익은 뉴스와 광고, 자신이 즐겨 보던 웹툰과 소설까지. 이 모든 것이 자신과 세상이 아직 연결되어 있다는 증거처럼 느껴졌다. 익숙한 톡 창을 깔고 살았을 적에 사용하던 계정을 입력했다. 하지만 등록할 수 없다는 메시지에 씁쓸함을 느끼며 새로운 계정을 만들었다.

'인연이 다 끊겼다고 하더니 이런 것들도 다 정리되었나 보네. 아! 친구 찾기를 해 볼까?'

친구 찾기에서 자신의 계정과 연락처를 검색해 봤지만, 아무것도 뜨지 않았다. 혹시나 하는 마음에 부모님의 계정과 친구들과 직장 동료들까지 찾아봤지만 아무것도 뜨지 않자 서러움에 눈물을 참지 못하고 울어 버렸다.

'그래, 안다고. 나 죽었으니까. 이승과의 인연이 끝났다고 했으니까.'

알면서도 자기 삶에서 가장 소중했던 가족을 모두 잃었다는 것, 아픈 기억만 남겨 둔 채 모든 인연을 자신이 놓았다는 사실에 숙희는 쓰라려 오는 가슴을 움켜잡았다. 혹시라도 다시 돌아간다면 다른 선택을 하게 될까? 하지만 아직도 동생을 생각하면 아리듯 찾아오는 죄책감과 슬픔에 조용히 고개를 저었다.

똑똑.

갑작스러운 노크 소리에 화들짝 놀란 숙희가 다급하게 소리쳤다.

"네!"

"숙희 님, 저승에서 손님이 오셨습니다. 천천히 준비하고 내려오십시오."

"네! 빨리 준비하고 내려갈게요!"

'누구지? 손님이라니?'

저승에서 손님이 찾아왔다는 소리에 숙희는 엉망이 된 얼굴을 수습하러 다급하게 세수하고 1층으로 내려갔다.

무화수 아래 테이블에 고운 옥빛 한복을 입고 은빛 비녀로 쪽 머리를 한 할머니가 인현과 함께 차를 마시고 있었다.

"아, 안녕하세요."

숙희의 인사에 할머니는 숙희를 지그시 쳐다보며 싱긋 웃었다.

"안녕하신가. 무화수가 선택한 사람이 자네로구먼. 나는 저승에서 길 잃은 아이들을 보살피는 저승할망이라네."

"저승할망이요?"

"아마 처음 들어볼 거야. 이승에선 내 존재가 희미하니까. 내가 삼신할매의 동생이라오."

"숙희 님, 삼신할매 얘기는 많이 들어보셨죠? 삼신할매가 이승 아이들의 탄생과 생을 관장하신다면, 이분은 저승의 아이들을 보살펴 주십니다."

"정말 감사한 일을 하고 계시네요."

생각지 못한 숙희의 칭찬에 저승할망은 미소를 지었다.

"고맙소. 이렇게 찾아온 건 부탁이 있어서라오. 혹시 자겸이를 만나게 해 줄 수 있는가? 경계 마을은 저승서점 관리자의 허락을 받아야만 갈 수 있어서 찾아왔네."

인현이 덧붙여 말을 이었다.

"무화수의 영역이기에 숙희 님의 허락이 필요합니다."

"아, 그렇군요. 당연히 가실 수 있죠. 그런데 자겸이를 어떻게 아시나요?"

"저승에 두 번이나 온 아이라네. 그 어린 것이 벌써 왔다기에 선물도 줄 겸 만나 보려 하네."

저승할망은 품 안에서 작은 복주머니를 꺼냈다. 주름진 손끝으로 천 조각을 어루만지더니 이내 안타까운 한숨을 길게 내뱉었다.

"저승에 온 아이들은 내 자식이나 다름없다네. 그런데 자겸이가 이번에는 저승 서천 꽃밭에 오지 않기에 알아보니 저승서점과 계약했다더군. 그래서 이렇게 찾아왔다네."

저승할망은 무명천 복주머니를 조심스레 쓰다듬었다.

"그 복주머니는 뭔가요?"

숙희가 조심스레 묻자, 저승할망은 웃으며 복주머니를 다시 품에 넣었다.

"다음에 태어날 때 아이가 험난한 운명에 흔들리지 않게 해 주는 물건이라오."

"저승할망님, 지금 가 보시겠습니까? 제가 안내해 드리겠습니다. 그곳에 자겸이 엄마도 같이 있습니다."

"그래, 허락해 줘서 고마우이. 나중에 또 보세. 인현아, 안내해 다오."

고맙다는 인사를 전한 저승할망은 인현과 함께 자겸이 있는 곳으로 발걸음을 옮겼다.

 오늘도 유치원에 할머니가 데리러 오자 자겸은 입술을 삐죽 내밀었다.

 "할머니! 아빠 언제 와?"

 "할머니가 와서 삐졌어? 아빠가 오늘 늦는단다. 할머니랑 놀고 있으면 밤에 올 거야."

 오늘도 보자마자 아빠를 찾는 자겸의 머리를 쓰다듬으며 영순은 바쁘게 집으로 향했다.

 영순의 눈길은 늘 손녀에게 머물렀다. 엄마 품에 제대로 안겨보지도 못한 아이. 놀이터에서 다른 아이가 엄마와 노는 모습을 물끄러미 쳐다보는 모습을 볼 때마다 가슴 한편이 먹먹해져왔다.

 "아앗!"

 며칠 전부터 가슴 쪽에서 느껴지는 찌릿찌릿한 통증에 영숙은 인상을 찌푸렸다. 영숙은 부랴부랴 자겸을 씻기고 저녁까지 먹인 후에야 소파에 기댔다.

 "할머니 조금만 쉬고 있을게."

 블록에 집중하며 노는 손녀를 바라보다가 영숙은 어느새 스르르 잠에 빠져들었다.

얼마나 시간이 흘렀을까? 가빠 오는 호흡과 가슴을 쥐어짜는 통증에 눈을 뜬 영숙이 식은땀을 흘리며 몸을 일으켰다. 손에 힘을 주는 순간, 숨이 턱 막히며 눈앞이 흐려졌다.
 "억, 헉."
 도움을 청할 틈도 없이 영숙의 몸이 소파 밑으로 쓰러졌다.
 철퍼덕.
 한참 좋아하는 만화영화를 보던 자겸이 인기척에 고개를 돌렸다.
 "할머니?"
 할머니가 소파에서 떨어지자 자겸이 조심스레 손을 뻗었다.
 "할머니, 왜 그래? 일어나, 할머니!"
 자겸의 목소리가 점점 높아졌다. 자그마한 손으로 할머니의 몸을 흔들었지만, 아무 반응이 없었다. 입술이 파르르 떨리더니 이내 두 눈에 눈물이 그렁그렁 맺혔다.
 "흐, 흐윽…. 할머니, 일어나…."
 울먹이며 할머니를 깨우던 자겸은 결국 자리에 주저앉아 울음을 터트렸다.
 "할머니, 무서워…. 나 무서워…. 할머니!"
 할머니의 팔을 흔들다가 문득 할머니의 휴대폰이 눈에 들어왔다. 아빠에게 전화를 걸었지만 신호음만 들릴 뿐이었다.

"무서워…. 싫어, 싫어! 도와주세요! 아빠 어딨어? 아빠, 아빠….."

아이는 본능적으로 현관문을 열고 뛰쳐나갔다.

"도와주세요!"

자겸이 다급하게 외치는 소리에도 빌라 안은 조용했다.

그 순간 머릿속에 아빠가 늘 차를 세워 두는 곳이 기억났다. 자겸은 골목길을 향해 빠르게 달리기 시작했다. 골목길을 지나 초등학교 옆 골목 건너편으로 다급하게 달려가는 모습을 마지막으로 자겸의 모습은 보이지 않았다.

*

형사는 경호의 끈질긴 요청에 짜증을 느끼면서도 결국 CCTV 영상을 보여 줬다. 불의의 사고로 어머니도 잃고 자식까지 잃은 아버지의 심정을 모른 척할 수 없었기 때문이다.

"감사합니다. 감사합니다. 제발 한 번만 더 보여 주세요."

경호는 담당 형사를 찾아가 아이가 마지막으로 찍힌 CCTV를 보여 달라고 간절히 요청했다. 형사 역시 자식을 키우는 처지라 거절하지 못하고 마지못해 CCTV 영상을 휴대폰으로 전송해 주었다.

"아버님 심정 충분히 이해합니다. 하지만 이렇게 계속 찾아오시면 저희가 수사를 못 해요. 작은 단서라도 나오면 바로 연락드리겠습니다. 그러니 찾아오시는 건 자중해 주세요."

이 말을 끝으로 돌아서는 형사를 향해 경호는 몇 번이고 허리 숙여 인사를 했다.

"감사합니다. 제발 꼭 찾아주세요. 부탁드립니다."

경호는 아이를 찾기 위해 뭐라도 해야 했다. 그 작은 아이가 할머니를 살리겠다고 어두운 골목을 달리는 뒷모습이 기억에서 사라지지 않았다. 작은 발로 다급하게 골목 끝으로 사라지는 아이의 뒷모습에서 뭐라도 찾지 않을까 싶어 영상을 여러 번 돌려 보았지만, 그 뒤에는 깜깜한 어둠만이 가득했다.

'그때 전화를 받았더라면.'

거래처 사장의 전화를 끊지 못한 것이 천추의 한이 되어 버렸다. 그 전화 한 통을 받지 못해 어머니도 아이도 모두 잃었다.

어머니 장례도 제대로 치르지 못하고 아이를 찾아다니느라 일을 놓았다. 아이 손을 잡고 건널목을 건너는 부부 모습에 경호는 다시 한번 운전대를 잡으며 무너지는 정신을 다잡았다.

"무너지면 안 돼. 자겸이를 찾아야 해."

세 가족이 살던 집은 차가운 공기만 가득했다. 경호는 어두운 창문 사이로 스며든 가로등 불빛을 안주 삼아 말없이 소주병을 기울였다. 소주잔을 들이켤 때마다 후회와 죄책감에 목이 막혀왔다. 지금쯤이면 어머니의 잔소리를 들으며 자겸과 놀고 있을 시간인데, 홀로 소주를 들이켜고 있었다.

"여보, 미안해. 내가 누구보다 잘 키울 거라고 큰소리쳤는데. 미안해, 여보. 정말 미안해. 눈 감는 순간까지 아이 지켜 달라던 당신 부탁을 못 지켰어. 자겸이 내가 어떻게든 지켜 내겠다고 큰소리쳤잖아. 그런데 못 지켰어. 우리 자겸이 괜찮을까? 나 찾고 있지 않을까? 너 데리고 갈 때도 나 원망 안 했어. 그러면 당신이 슬플 테니까. 그런데 당신이 목숨까지 버리며 지킨 자겸이도 어머니도 지키지 못했어. 나란 인간 때문에, 나 때문에…."

경호는 비어 있는 소주잔을 놓고 병째로 들이켰다. 쓰디쓴 술도 아무런 감흥이 없었다.

그저 정신을 놓고 잠들고 싶었다. 지금 이 현실이 꿈이길 바라며, 투명한 액체를 목구멍으로 흘려 넘겼다. 차가운 입김과 함께 경호의 뺨에 뜨거운 눈물이 흘러내렸다.

"자겸아, 어디 있니. 아빠가 미안해. 아빠가 미안해…."

술에 취한 경호는 아이가 좋아하던 작은 인형을 끌어안고 몸을 웅크렸다. 자겸의 소원을 이루어 줄 방법을 찾기 위해 경호를 찾아온 인현과 숙희는 눈앞에 펼쳐진 안타까운 광경에 나지막이 한숨을 내뱉었다.

"휴우, 자겸이 아빠 불쌍해서 어떡해요. 그 현철이라는 자는 어떻게 엿을 먹이죠? 어떤 벌을 줘야 처절하게 후회할까요?"

"숙희 님, 이성적으로 판단해 우리가 해야 할 일은 두 가지입니다. 첫 번째는 경호 씨가 살아갈 방법을 찾아 줘야 합니다. 두 번째는 현철이라는 자에게 어떤 벌을 줄지 정하는 것입니다. 숙희 님의 의견이 궁금하군요."

숙희는 무슨 말을 할지 궁금하다는 눈빛으로 자신을 쳐다보는 인현의 눈을 피하며 말을 더듬었다.

"어, 제가 당해 봐서 아는데요. 솔직히 하루하루 견디는 것도 진짜 힘들거든요. '죽을힘으로 살아라' 이런 소리 들을 때는 진짜 다 꺼지라고 하고 싶었어요."

말을 꺼내면서도 인현의 눈치를 살피던 숙희가 머쓱하게 웃으며 말했다.

"뭐, 지금은 그 말이 어쩌면 맞는다는 생각이 들어요. 경호 씨가 잘 견디고 견뎌서 행복하게 웃으며 살면 좋겠어요. 제 생각일 수도 있지만, 자겸이가 바라는 것도 아빠의 행복이라고 생각해요. 아빠가 다시 웃기를 바랄 것 같아요."

"음, 좋은 말이군요. 숙희 님도 이제 소원을 이루기 위해 죽을 힘을 다하길 기대해 보겠습니다."

인현이 툭 던지듯 말하자 숙희는 민망한 듯 웃음으로 대신했다.

"자, 그러면 시작해 볼까요?"

어둡고 차가운 방 안에 웅크리고 있는 경호를 바라보던 인현이 손짓을 하자 작은 반딧불 같은 빛무리가 퍼져 나왔다.

"숙희 님, 오늘은 감정 조작이라는 능력을 써 보십시오. 어두운 바다에서 길을 알려 주는 등대처럼 지금 자겸이 아빠에게는 길을 알려 줄 불빛이 필요합니다. 솔직히 가장 쉬운 방법은 기억을 삭제하고 운명을 조작하는 건데 어떻습니까?"

"그건 아닌 거 같아요! 자겸이는 아빠의 행복을 바라지, 자신을 잊는 것은 원치 않을 거예요."

인현이 기특하다는 듯이 쳐다보자 숙희는 인정받았다는 생각에 마음속으로 만세를 불렀다.

"맞습니다. 운명 조작이라고 해서 만능은 아닙니다. 자식을 잃은 아버지의 마음은 언젠가는 마음속 텅 빈 구멍을 알아차릴 겁니다. 그때는 어마어마한 기억의 소실과 함께 더 큰 일이 일어날 수도 있습니다."

"지금 보이는 불빛이 무슨 색인지 보입니까?"

"네, 하얗게 빛나는 것 같은데 검은색이 섞여 있어요."

점차 커지는 빛무리 사이로 인형을 껴안고 웅크린 채로 잠든 경호의 모습이 얼핏 보였다.

"이 빛은 경호 씨의 감정 상태를 나타냅니다. 자식을 찾겠다는 순수 의지와 절망감이 가득한 감정을 드러내는 것이죠. 숙희 님은 감정 조작 능력으로 이 빛의 색을 바꾸면 됩니다."

"어, '감정 조작'이라고 외치면 되나요?"

숙희의 말에 인현은 가벼운 한숨과 함께 수인 맺는 법을 자세히 설명하기 시작했다.

"먼저 수인을 맺은 채로 주문 걸 사람의 이름을 세 번 부르세요. 그런 다음 이경호 씨가 삶을 견딜 수 있게 해 달라고 빌어 보십시오. 숙희 님의 마음이 간절할수록 이 능력은 더 큰 힘을 발휘합니다."

"네! 해 볼게요."

숙희는 수인을 천천히 맺은 뒤 이경호의 이름을 세 번 부르며 눈을 감고 간절히 빌었다.

'자겸이의 소원처럼 당신이 모든 것을 견디고 행복하길. 명부의 삶이 끝날 때까지 당신이 행복을 찾고 살아가길.'

숙희의 간절함이 더해지자 반짝이던 빛무리의 색이 천천히 변하기 시작했다. 짙은 남색에서 시작된 빛은 서서히 밝은 초록으로 물들더니, 노란빛을 거쳐 이내 따뜻한 붉은빛으로 퍼져 나갔다. 마치 감정의 결이 변하듯 오색찬란한 무지갯빛이 방 안을 환하게 비추었다.

"해내셨군요! 처음인데 정말 잘하셨습니다. 숙희 님 눈을 떠 보세요."

인현의 말에 숙희가 천천히 눈을 떴다. 눈앞에 펼쳐진 찬란한 빛무리를 보자 탄성이 절로 나왔다.

"이게 제가 한 거라고요? 와, 정말 아름다워요."

빛무리에 둘러싸인 경호의 웅크린 몸이 서서히 펴졌다. 잠시라도 몸이 따뜻해지도록 숙희는 조심스레 이불을 덮어 주었다.

"이러면 바로 나아지나요?"

"아닙니다. 자연스럽게 견딜 수 있도록 천천히 나아질 겁니다. 나쁜 선택을 하지 않도록 길을 비춰 주는 거죠."

두 사람은 빛무리가 경호의 몸에 스며들 때까지 가만히 머물며 기다렸다.

*

자겸이 죽은 지 49일이 되기 이틀 전, 저승서점과 삼도천을 잇는 거울이 울렁거리기 시작했다.

"언니!"

발랄한 목소리와 함께 노란 원피스를 입은 자겸이 환하게 웃으며 숙희에게 달려와 안겼다. 처음 모습과 달리 제 나이를 되찾은 듯한 밝은 모습이었다.

"자겸아, 잘 지냈어?"

"응, 언니, 고마워. 엄마를 만나게 해 줘서. 우리 아빠는 잘 지내?"

"당연하지. 자겸이 소원이었잖아."

자겸과 숙희가 도란도란 얘기를 나눌 때, 거울이 한 번 더 울렁이더니 자겸과 닮은 미소를 가진 여인이 천천히 다가와 고개를 숙였다.

"안녕하세요, 자겸이 엄마 정수정입니다. 인사가 늦었습니다. 감사합니다."

"안녕하세요. 저는 저승서점을 맡고 있는 숙희입니다. 음, 이런 말 하는 게 맞는지 모르겠지만 자겸이가 엄마를 만나게 되어 정말 다행이에요."

숙희의 조심스러운 인사에 수정은 살포시 고개를 끄덕이며 미소를 지었다.

"오히려 제가 감사해요. 아이와 함께 있는 지금이 꿈 같아요."

서로 마주 보며 웃는 모녀의 모습이 너무나도 똑 닮아 있었다.

"두 사람을 부른 건, 이틀 후면 자겸이와 이승의 인연이 완전히 끊깁니다. 그 전에 부탁드릴 게 있어서 모셨어요."

"앗, 언니! 나 아빠랑 할머니 보고 싶어."

자겸의 말에 난감해하는 숙희의 표정을 읽은 수정이 재빨리 자겸을 다독였다.

"자겸아, 잠시만. 숙희 님 이야기 먼저 들어보자."

그 순간, 종이 출력되는 소리가 들리더니 인현이 세 사람에게 다가왔다.

"이건 제가 설명하겠습니다."

인현은 할머니가 명부에 따라 저승에서 잘 지내고 있다는 말과 함께 아빠가 자겸을 많이 보고 싶어 한다고 전했다.

인현의 말을 의연하게 잘 듣고 있는 자겸의 모습에 숙희는 안도의 숨을 내쉬었다.

"아, 알겠어요. 저승사자 아저씨! 할머니가 보고 싶지만 참을게요. 다시 만날 때까지 기다릴게요!"

씩씩하게 외치는 자겸의 말에 어이없는 표정을 짓는 인현을 못 본 척 웃으며 숙희는 자겸의 머리를 쓰다듬었다.

"장하다, 우리 자겸이. 자겸이가 할 일은 아빠한테 잘 있다고 인사하고 오는 거야. 할 수 있겠어?"

"응! 나, 아빠 보고 싶어. 아빠한테 엄마랑 있다고 자랑하고 올게."

"혹시 자겸이와 같이 가 주시겠어요?"

숙희의 부탁에 수정은 기쁨과 애틋함이 뒤섞인 표정으로 천천히 입을 열었다.

"저도 같이 가도 되나요? 죽은 자가 함부로 만나러 가면 안 된다고 들어서요."

"그건 맞습니다. 일반적으로는 죽은 자가 이승에 있는 사람을 마음대로 찾아가는 건 금지되어 있습니다. 하지만 이 경우는 조금 다릅니다. 저승서점 계약자의 소원으로 허용된 권리입니다."

인현의 설명에 수정은 고개를 끄덕였다. 경호를 볼 수 있다는 말에 수정의 얼굴에 기쁨이 어렸다.

"세 가족이 마지막 인사를 나누고 오세요."

"감사합니다. 자겸이 덕분에 엄마도 아빠 볼 수 있어서 너무 행복해, 자겸아."

잠시 말을 멈춘 수정은 자겸의 손을 꼭 잡으며 조심스레 말을 이었다.

"아빠가 아주 많이 슬플 거야. 자겸이도 없고, 엄마도 없고, 할머니도 없이 혼자 지내야 하니까."

수정은 자겸의 두 눈을 바라보며 다정하게 말을 이었다.

"그래서 말인데, 아빠한테 우리가 다시 만나는 날까지 씩씩하게 지내다가 오라고 용기 주고 오자. 할 수 있지?"

수정의 말에 자겸은 잠시 생각하듯 고개를 천천히 끄덕이더니 이내 해맑은 표정으로 숙희를 바라보며 말했다.

"응, 언니. 오늘 엄마랑 아빠 보러 가도 돼?"

"당연하지."

*

오늘도 어김없이 거리에서 전단을 나누어 주던 경호는 주머니 속 휴대폰이 울리자 전날 꾸었던 불길한 꿈을 떠올리며 전화를 받았다. 전화기 너머에서 들려오는 소리에 심장이 철렁 내려앉고 숨이 막히며 다리에 힘이 풀려 주저앉고 말았다.

"뭐라고요?"

희미하게 새어 나온 그의 목소리가 허무하게 울렸다. 손이 덜덜 떨렸지만, 경호는 곧바로 몸을 일으켜 주저 없이 달렸다.

"그럴 리가, 그럴 리가 없어."

그럴 리 없다고 수없이 내뱉으며 달려간 곳은 냉기 가득한 영안실이었다. 조심스럽게 다가가 떨리는 손으로 하얀 천을 거두자, 생기 없이 차디차게 식은 소중한 딸의 얼굴이 보였다. 실낱 같은 희망마저 모두 사라져 버린 지금 경호가 할 수 있는 것은 차갑게 식은 아이를 끌어안고 흐느끼는 것뿐이었다. 실종 수사를 담당했던 형사가 경호에게 다가섰다. 잠시 후, 형사가 건넨 말에 경호는 다시 한번 무너졌다. 이 모든 상황을 지켜보던 숙희와 인현은 조용히 사라졌다.

밝은 아침 햇살이 창가로 스며들었지만, 경호는 눈을 뜨지 않았다. 지난밤 꿈의 여운에 눈물이 다시 눈가를 적셨다. 사랑하는 아내와 자겸이 꿈속에 찾아왔다.
'우리 자겸이가 엄마랑 만났구나.'
꿈에서 환하게 웃으며 자신을 다독여 주고 사라진 두 사람의 모습이 꿈이라기엔 너무나 선명했다.
외면하고 싶었던 사실이 현실이 되었음을 직감했고 깊은 절망감이 온몸을 짓눌렀다.
얼마 후, TV에서 뉴스가 흘러나왔다.
"여섯 살 아이의 안타까운 죽음 뒤에 숨겨졌던 진실이 부검을 통해 드러났습니다. 당초 단순 실종으로 여겨졌던 사건은 뺑소니 후 유기로 밝혀졌습니다. 가해자는 사고 후 현장을 떠나 아이를 산속에 유기한 것으로 확인되었습니다. 충격적인 사실은, 가해자가 피해 아동 아버지의 직장 동료였다는 점입니다. 가해자는 아이를 유기한 이후에도 아무 일 없었다는 듯 일상생활을 이어 갔습니다. 트럭 운전을 하며 생계를 유지했고, 주변인들조차 사건을 눈치채지 못했습니다. 경찰 조사와 부검 결과, 피해 아동은 차량 충돌로 인한 복합 외상이 사망 원인으로 확인되었고, 현장과 유기 장소 간의 거리와 시신의 상태 등을 종합해 고의성이 입증되었습니다. 검찰은 현재 피의자를 구속 수사 중이며, 피의자 측은 '음주로 인한 심신미약 상태'를 주장하며 혐의를 일부 부인하고 있습니다. 또한 아이를 부양해 줄 다른 가족이 없다는 점을 강조하며 감형을 요구하고 있습니다. 수사는 추가 증언 확보 및 사건 당시 정황에 대한 정밀 분석으로 확대되고 있습니다. 이 사건은 안타깝게 세상을 떠난 한 아이, 홀로 남은 아버지의 슬픔과 아이의 마지막 순간을 기억하는 이들의 마음에 깊은 상처를 남기고 있습니다."

현철의 악행이 밝혀지고 한 아이의 억울한 죽음이 세상에 드러났다.

"숙희 님, 이제 마지막 일을 처리 때가 왔군요. 현철이라는 자에게 어떤 벌을 내릴지 정했습니까?"

"네, 그동안 많이 생각했어요."

"그래서 어떤 벌입니까?"

"형벌을 쓸 거예요. 그 사람이 사랑하는 자식과 맺은 인연의 끈을 완전히 끊을 거예요. 그게 그 사람이 감당할 벌이자 아이가 살 수 있는 방법이 될 테니까요."

"좋은 판단입니다. 명부를 봐도 그 사람은 결국 자기 아이마저 죽음에 이르게 할 운명선이 짙어지고 있었습니다."

숙희의 왼쪽 눈이 빛나며 무언가가 스쳐 지나갔다.

"그 사람이 자기 아이까지 죽게 만드는 걸 볼 수는 없어요. 아버지의 죄 때문에 그 아이가 수많은 상처를 받을 것이 보여요. 너무 가엾잖아요. 아이는 살리고 싶어요."

숙희의 말이 끝나자, 인현이 성큼성큼 다가와 책을 꽂으며 그녀를 바라보았다.

"숙희 님의 판단을 믿습니다. 저는 저승에 보고하러 다녀오겠습니다."

숙희의 어깨를 토닥이고 삼도천으로 향하는 인현의 뒷모습을 바라보며, 숙희는 며칠 전 본 아이의 모습을 떠올렸다. 현철의 집. 숙희는 할머니 품에 안겨 잠든 현철의 아들에게 감정 조작 능력을 사용했다. 아무것도 모른 채 곤히 잠든 아이의 삶이 행복하기를 진심을 담아 간절히 빌었다.

"너는 너야. 네 삶은 온전히 너의 기쁨이자 행복이 되길 빌어줄게."

자겸의 책은 49일째 되는 날에 팔공산 두꺼비 할아버지에게

팔렸다. 손주에게 줄 선물이라며 따뜻한 구매 후기까지 남겼다. 그렇게 저승서점이 본격적으로 운영되기 시작했다.

자겸과 할머니의 유골이 안치된 어느 납골당. 납골당 청소를 마치고 나오던 박씨와 신씨는 스쳐 지나가는 한 남자의 뒷모습에 눈길이 멈췄다.

"오늘도 왔네. 쯧쯧."

"그러게, 안타까워서 어떡해. 삶이 기구하다, 기구해."

"그러게나 말야. 저 심정이 오죽하겠어."

"가족들이 저 안에 주르륵 있는 걸 보니, 사는 게 사는 거겠나 싶네. 그래도 어쩌겠어. 살아야지."

두 사람은 안타까운 눈빛으로 남자를 한참 쳐다보다가 말없이 돌아섰다. 남자는 납골당의 한자리에 선 채 오랜 시간 멍하니 서 있었다. 남자의 주위를 오색 찬란한 따뜻한 빛이 감싸고 있었다.

"아빠, 나는 아빠가 행복하면 좋겠어! 엄마랑 기다리고 있을게. 그러니까 걱정하지 마. 다시 보는 날까지 행복하게 살다가 만나! 아빠 사랑해!"

마지막 선물

'제발, 아버지만이라도….'

한승우는 간절히 기도했다. 제발 누군가가 자신을 알아차려 주기를 절박한 마음을 담아 외쳤다.

"저와 함께 가시겠습니까?"

자신을 똑바로 바라보는 남자의 말에 승우가 고개를 돌렸다.

*

쨍그랑.

조그마한 다세대 빌라 안. 낡은 커튼 사이로 햇볕이 비추는 방 안에서 이불을 돌돌 말고 한참 달게 자던 승우는 날카로운 파열음에 벌떡 일어났다. 방문을 열자마자 싱크대 앞에서 허둥대는 아버지와 바닥에 흩어진 유리 파편이 눈에 들어왔다.

"아, 진짜! 플라스틱 컵 쓰라니까!"

시계를 보니 오후 2시였다. 겨우 몇 시간 눈을 붙였을 뿐인데, 날카로운 소음에 잠이 깬 승우는 짜증이 치밀었다. 주야간 2교대를 하면서 뒤엉킨 생활 리듬 탓에 승우의 신경은 한층 더 예민해져 있었다.

"대체 몇 번째야! 맨날 내가 이 짓을 해야 해?"

승우는 거칠게 바닥을 쓸었다. 사방팔방 널브러져 있는 유리 조각을 보자 욕설이 먼저 튀어나왔다.

"젠장!"

제대로 걷지도 못하는 몸으로 쓸데없는 일을 만드는 아버지 때문에 한숨이 절로 나왔다. 함께 지내는 것도 벅찬데 끊을 수 없는 부모 자식 관계에 더 숨이 막혀 왔다.

어차피 치울 사람은 자기뿐이기에 걸레를 들고 남은 파편을 쓸어 모았다. 멀뚱거리며 서 있는 아버지의 발을 보는 순간 자신도 모르게 욕이 나왔다.

"아, 씨! 다쳤으면 다쳤다고 말을 해야지!"

다시 한번 고함이 터져 나왔다. 유리가 박혔는지 발가락 사이로 피가 흘러도 아무 말 못 하고 엉거주춤 서 있는 아버지의 모습에 답답함이 치밀어 올랐다.

"미안해…. 잘못했어."

아버지는 고개를 숙인 채 미안하다는 말만 되풀이했다. 뇌경색으로 마비된 한쪽 다리와 어눌한 말투, 실명된 한쪽 눈. 어린 시절 자신을 억압하던 모습과 상반된 모습이었다. 승우는 아버지를 거칠게 앉히고는 박혀 있는 유리 조각을 조심스레 뺐다. 이제는 필수품이 된 일회용 알코올 솜으로 피를 닦았다.

"제발 그냥 가만히 좀 있어요!"

짜증스러운 말투로 아버지를 방 안으로 들여보낸 승우는 피를 닦은 솜을 휴지통에 던지듯 버리고, 풀리지 않는 갑갑함에 깊은 한숨을 쉬며 머리를 쥐어뜯었다. 이제는 익숙해질 만도 한데 자신이 없을 때 예상치 못한 상황이 생길까 봐 계속 불안해하는 이 상황이 지겨웠다. 어릴 적 자신을 학대했던 아버지라는 인간이 이제는 자신에게 들러붙은 오물 같아서 견딜 수가 없었다. 문틈 사이로 멍하니 침대에 앉아 있는 아버지를 보자니 죄책감과 분노가 동시에 끓어올랐다.

떼려야 뗄 수 없는 오물. 내 삶에 덕지덕지 붙은 아버지라는 존재가 너무나 지긋지긋했다.

"에이, 씨…발."

욕설을 내뱉고 승우는 청소기를 밀었다. 청소 후 아침을 먹은 뒤 쌓아 둔 그릇을 설거지하고, 저녁에 먹을 밥과 찌개를 끓이고 나니 벌써 출근 시간이었다.

"나오세요."

승우의 말에 한쪽 다리를 절뚝거리며 나오는 아버지의 모습을 보니 눈살이 찌푸려졌지만, 아무 말 없이 밥상에 숟가락을 놓았다. 김치찌개에 김만 있는 조촐한 밥상을 앞에 두고 두 사람은 숟가락을 들었다.

"우선 약 드시고 바로 주무세요. 나가지 말고, 가스레인지 잠

갔으니 건드리지 마세요. 빵 있으니 배고프면 드시고요."

저녁에 출근하는 아들의 뒷모습을 보며 아버지는 고개만 끄덕였다.

회사에 도착한 승우는 작업복으로 갈아입고 탈의실을 나섰다. 그때 성훈이 다가와서 승우의 어깨에 팔을 올리며 말했다.

"헤이, 승우. 건강검진 나왔더라. 봤어?"

"방금 출근했다, 인마."

"나 벌써 지방간이란다, 크크. 술 좀 줄이래."

"넌 진짜 작작 먹어. 암튼 제수씨가 도망 안 간 걸 감사히 생각해라."

"야, 우리 마님이랑 같이 마시거든! 이제 나도 관리해야지. 마님이 건강 관리해 준다는데…. 그 핑계로 이번엔 뭘 살지 벌써 걱정된다."

"푸념이야? 자랑이야?"

승우의 말에 성훈은 앓는 소리를 하며 공장 안으로 들어갔다.

"챙겨 주는 사람 있을 때 잘해라."

"당연하지! 그나저나 너 소개팅 할래?"

"됐다, 내 주제에 무슨. 너나 알콩달콩 행복하게 사셔."

몇 번이나 여자를 소개해 주겠다는 성훈의 말에 승우는 고개를 저으며 단호히 거절했다. 결혼 7년 차, 아들 둘을 낳고 깨를 쏟으며 사는 성훈이 부럽긴 했다. 하지만 지금 자신의 처지에 누군가를 책임진다는 건 사치였다. 승우는 성훈의 등을 한 번 툭 치고는 건강검진 결과를 받으러 곧장 반장을 찾아 발걸음을 옮겼다.

"어, 왔어?"

"네, 건강검진 결과 나왔다면서요."

"여기 있어. 이름 확인하고 찾아가."

라인 끝 책상에서 생산일지를 보느라 정신없는 반장이 한쪽을 가리켰다. 승우는 책상 한쪽에 있는 건강검진 봉투를 뒤져 자신의 이름을 찾았다.

한승우.

이름과 사번이 적힌 봉투를 작업복 주머니에 넣으려는 순간, 반장이 고개를 들고 승우를 불렀다.

"승우야, 너 재검 떴더라. 술 작작 마셔. 지방간으로 재검 뜬 놈 많다. 날짜는 공지란에 붙여 놨으니까 꼭 확인해."

"네."

한창 교대 시간이라 더 말할 틈도 없이 서둘러 라인으로 향했다. 오늘 승우가 맡은 자리로 들어서자, 주간 근무조인 우호가 손을 흔들며 인사했다. 승우는 짧게 손을 들어 답하고 바로 일지를 확인했다.

"오늘 생산량은?"

"오늘 5,800개인데 지금 2,800개 나왔다. 오전에 기계가 고장 나서 네 시간 정도 노느라 물량이 적게 나왔어. 야간에 네가 고생 좀 하겠다."

자동차 부품을 생산하는 공장이라 종류가 바뀔 때마다 기계를 조작해야 하지만, 자주 멈춰 버리는 기계 때문에 승우는 야간 근무 때마다 나머지 물량이 모자라지 않도록 계속 기계를 돌려야 했다.

"아, 오늘도 뻥뻥이네. 젠장, 이놈의 회사는 맨날 기계가 고장 나냐. 그러면서 생산량 안 나온다고 쪼기만 하고, 미치겠다."

"그러니까. 으아아, 죽겠다. 힘들겠지만 수고해."

기지개를 켜며 나서는 우호를 보내고, 승우는 모자란 생산량을 맞추기 위해 빠르게 일을 시작했다. 간간이 동료들과 농을 주고받으며 시간을 보내다 보니 어느새 자정이 지나 있었다. 저녁 식사를 하고 성훈과 함께 흡연실로 향했다. 성훈은 휴대폰을 보더니 고개를 절레절레 흔들었다.

"와, 우리 마님. 행동력 하나 죽여 준다, 진짜."

"왜?"

"부추즙을 시키셨단다, 나 먹으라고. 근데 나 비위 약하잖아.

젠장!"

성훈의 투덜거림에 승우는 끝내 웃음을 터뜨렸다.

"크크크, 미친놈. 사 주면 '감사합니다!' 하고 조용히 먹어. 나는 언제 그런 거라도 받아 보냐. 부럽다, 인마."

성훈은 휴대폰을 만지더니 한 여성의 사진을 승우 눈앞에 들이밀었다.

"우리 와이프 친한 동생인데, 진짜 진국이야. 내가 몇 년을 봤는데 사람 진짜 괜찮아. 소개팅 한번 해 봐라! 진짜 아까워서 그래!"

사진 속 여성은 환한 햇살 아래 활짝 웃고 있었다. 찌든 표정의 자신과 달리 걱정이 전혀 없는 다른 세계의 사람 같았다.

"나보다 더 좋은 사람 소개해 줘. 누구 고생시키려고. 그래도 말이라도 고맙다."

"야, 네가 어때서! 우리 나이 벌써 서른셋이다. 언제까지 이러고 살래? 안정된 직장도 있겠다, 뭐가 걱정이야."

승우는 말없이 담배를 꺼내 물었다. 번번한 일자리가 없어 막노동을 전전하다가 정직원인 성훈의 추천으로 들어온 직장이었다. 초등학교 때부터 죽마고우인 성훈. 자신을 생각해 꺼낸 말임을 알기에 더 단호하게 거절했다. 담배 꽁지가 다 타들어 갈 무렵, 성훈이 말을 꺼냈다.

"야, 어머니 소식은 없냐?"

"어, 여섯 살 이후로 흔적도 없다. 어디선가 잘 살고 있겠지."

성훈이 짧게 혀를 차며 고개를 끄덕였다.

"차라리 잘 됐어. 이제 와서 너를 찾으면 인간도 아니다."

"우리 아버지, 다음 주 월요일에 요양병원 들어가."

"잘했다. 너나 아버지 생각했을 때 그게 낫지. 돈 많이 들지?"

"뭐, 아끼면 어떻게든 되겠지."

승우는 희미한 웃음을 지으며 담배 끝을 털어 냈다.

성훈은 말없이 승우의 어깨를 두드렸다. 친구의 모든 사정을 다 알기에 아무 말 없이 담배 연기만 내뿜었다.

*

요양병원에 입원하기 위해 아버지 짐을 챙기는 내내 승우의 가슴 한구석이 무겁게 가라앉았다. 요양병원으로 간다는 말에도 아버지는 아무 말 없이 고개를 끄덕였다. 담담한 표정, 묵묵히 기다리는 아버지의 모습에 가슴이 옥죄는 것만 같았다. 택시를 타고 도착한 요양병원은 작지만 깔끔했다. 승우가 입원 서류를 작성하고 절차를 밟는 동안 아버지는 병실로 올라갔다. 환자복으로 갈아입은 아버지는 침대에 가만히 앉아 있었다.

"여기 계시면 식사도 잘 나오고 재활 치료도 받으실 거예요. 다음 주에 올게요."

간단히 짐을 정리하고 승우는 병실을 나섰다. 덤덤하게 흔들던 손짓, 고개를 끄덕이던 아버지의 마지막 모습이 자꾸만 눈앞에 아른거렸다. 차라리 어릴 때처럼 화를 내고 욕하고 때렸다면 마음이 달랐을까? 가슴 한편에 돌덩이를 얹은 듯 답답해 나오자마자 담배를 꺼내 물었다.

"젠장⋯."

부모란 게 뭔지.

특히 '아버지'라는 존재는 승우에게 너무도 버겁고, 싫고, 힘겨운 이름이었다. 무서워서, 죽기 싫어서 도망쳐 나온 그날 모든 게 끝난 줄 알았다. 그런데 결국 부모와 자식이라는 이유로 다시 돌고 돌아 이렇게 자신을 옭아맸다.

"이리 와. 쌍놈의 새끼가!"

퍽! 퍽! 아버지의 거친 손길을 피하지 못한 승우는 바닥에 웅크린 채 울음을 참았다.

여섯 살 때 승우의 엄마는 집안의 모든 재산을 가지고 도망쳤다. 승우는 존재한다는 이유만으로 수없이 맞았다. 엄마를 닮았다는 이유로 맞고, 숙제를 못 해서 맞고, 버릇없다는 이유로 맞고, 맞을 이유가 너무나도 많았다. 술만 마시면 고함을 지르며 손을 휘두르는 아버지가 두려워 새벽녘 공사장 구석에 몸을 웅크린 채 아침까지 추위에 떨던 기억이 아직도 생생했다. 고등학교 3학년이 되자마자 취업을 준비했다. 그리고 취업이 되자 승우는 망설임 없이 집에서 나왔다. 절대 돌아가지 않을 거라고 다짐하며 힘겹게 버티고 살았다. 하지만 운명은 그를 가만히 놔두지 않았다.

공장에서 3교대를 하며 악착같이 모은 돈. 10년 동안 악착같이 모은 돈이 순식간에 사라졌다. 단지 내 집을 갖고 싶었을 뿐인데, 뉴스에서만 보던 전세 사기를 당했다. 하늘이 무너지는 것 같았다. 사기꾼을 잡겠다고 다니던 회사를 그만두고 전국을 뒤졌다. 그놈이 붙잡혔다는 소식을 들었을 때만 해도 돈을 돌려받을 수 있으리라 믿었다. 그게 얼마나 어리석은 희망이었는지는 나중에야 알게 되었다.

사기꾼은 공탁금 500만 원을 걸고 형량 징역 2년 6개월에 집행유예 3년을 받았다. 그날 승우는 다시 한번 세상의 쓴맛을 맛봐야 했다. 모든 것을 잃었다는 절망감에 다리 위에 선 순간, 성훈에게서 전화가 오지 않았더라면 아마 한강 다리 아래 물고기 밥이 되어 있었을 것이다.

그렇게 성훈의 도움으로 직장을 구하고 안정을 찾아갈 무렵, 사촌 형에게서 갑자기 전화가 걸려 왔다. 불길한 느낌에 외면

하고 싶었다. 하지만 차마 외면하지 못하고 전화를 받는 순간 차갑고 날카로운 말들이 귓가로 쏟아졌다.

"야, 너무하는 거 아냐? 그동안 정을 생각해서 참았는데, 우리가 언제까지 삼촌 때문에 고생해야 하냐? 하루가 멀다고 사고 치는 외삼촌 때문에 경찰서고 병원이고! 우리가 왜 이런 고생을 해야 하는데? 이제 네 부모 네가 챙겨!"

전화기 너머로 쏟아지는 사촌 형의 분노 섞인 말에 승우는 덜컥 겁이 났다. 기억하고 싶지 않은 아버지라는 존재와 그 존재 때문에 욕을 먹고 있다는 사실이 도무지 이해되지 않았다.

"형, 나는 그 인간 피해서 도망 나왔어. 그 인간 얘기만 들어도 몸이 벌벌 떨리고 머리가 지끈거려. 나도 인연 끊은 사람이야."

누구보다 자신이 아버지 밑에서 어떻게 자라 왔는지 잘 아는 사촌 형의 목소리가 살짝 누그러졌다.

"몇 년 전에 교통사고 났다는 얘기 들었지? 몸 안 좋다는 핑계로 일도 안 하고, 하루 종일 술만 마시고, 그러다가 취하면 나가서 행패 부리고. 몇 년 됐다. 오늘도 바지며 속옷까지 벗고 길거리 돌아다니다가 신고당했다. 맨날 엄마한테 와서 돈 달라 하고, 술에 취하면 시비 걸고, 툭하면 길 한복판에 쓰러져 자고. 일주일에 세 번은 경찰서에서 연락이 온다, 승우야."

승우가 아무 말 없자 한동안 정적이 흘렀다.

"하아, 아무리 그래도 네 부모다. 우리는 이제 모르겠다. 앞으로 네 번호로 연락 갈 테니 그렇게 알아."

사촌 형의 차가운 목소리와 함께 전화가 뚝 끊겼다. 솔직히 '오죽하면 그럴까' 하는 생각에 이해되면서도, 다시 그 인간을 봐야 한다는 사실에 잊고 지냈던 공포와 지긋지긋함이 몰려왔다. 차라리 밖에서 죽어 버렸으면 하는 섬뜩한 생각이 들자 승우는 고개를 흔들었다. 그냥 모르는 번호를 받지 말자고 다짐했다. 그러던 어느 날이었다.

"안녕하세요. 여기 응급실인데요."

휴대전화에 지역번호와 함께 뜬 생소한 전화번호.

승우는 전화를 받자마자 자신도 모르게 아버지가 있다는 응급실로 다급히 뛰어갔다. 깨진 이마에서는 피가 흐르고, 멍하니 누워 중얼거리고 있는 아버지의 모습. 10년이 훌쩍 지난 세월 속에서 확연히 달라진 아버지의 모습은 처참했다. 예순이 넘은 나이에 다른 사람들과는 확연히 다르게 야윈 몸, 초점 없는 눈동자, 슬리퍼 한 짝. 눈앞에 선 승우를 보고 환하게 웃는 입 사이로 군데군데 빠진 치아와 늙어 버린 아버지의 모습. 승우는 자신도 모르게 아버지를 끌어안고 울고 말았다.

"흐, 흐윽. 아버지."

"우리 승우 왔냐."

 어눌한 발음으로 자신을 반기는 아버지의 한마디가 더는 등을 돌릴 수 없게 만들었다. 그 이후 함께 지낸 지 1년. 자신이 한 행동에 후회가 밀려왔다.

 그냥 집에 데려다주고 끝내야 했는데. 툭 하면 다치고, 그것도 모자라 아버지를 찾아 헤매는 일이 다반사인 일상. 외상으로 술 마시는 일은 물론이고, 일하다가 병원과 경찰서로 달려가는 일이 반복되자 승우는 아버지에게 고함치는 일이 잦아졌다. 날 선 말로 협박하고 윽박지르고 고함을 질러도 이제 늙어 버린 아버지는 아무 말도 하지 못했다. 자신을 볼 때마다 주눅 들어 움츠리는 아버지의 모습이 처음엔 통쾌했다. 자신이 당한 모든 것을 되갚아 주는 듯한 희열을 느꼈다. 하지만 점차 아버지와 닮아 가는 자신을 발견할 때마다 혐오가 밀려왔다. 자신이 아버지와 닮았다는 것을 인정하기 싫었다. 서로를 위해서라도 떨어져 있는 것이 낫겠다는 생각이 들었다. 그래서 선택한 방법이 요양병원이었다. 막상 병원을 나서려는데, 마지막에 본 아버지 모습에 가슴 한쪽이 체한 것처럼 답답했다. 마지막 담배 연기를 내뿜고 꽁초를 비벼 끈 승우는 손을 흔들어 택시를 잡았다.

 "택시!"

그렇게 승우는 혼자인 일상으로 돌아갔다. 매월 4일에 병원비를 보내고 처음 몇 달은 2주에 한 번씩 찾아갔다. 그러다가 한 달에 한 번, 두 달에 한 번, 점차 아버지의 존재는 잊혀 갔다. 그러던 어느 날 요양병원에서 연락이 왔다.

"안녕하세요, 빛나요양병원입니다. 한정학 님의 일로 연락 부탁드립니다."

승우는 병원에서 온 문자를 보고 급하게 통화 버튼을 눌렀다. 병동으로 연결하자 간호사의 목소리가 들려왔다.

"네, 빛나 요양 병원 3병동입니다."

"한정학 환자 보호자, 한승우입니다. 문자 보고 전화했습니다."

"아, 한정학 환자 보호자님. 다름이 아니라 담당 선생님이 면담을 요청하셔서요. 언제 면담하실 수 있으신가요?"

"내일 오전 중에 가능합니다. 그런데 무슨 일인지?"

"한정학 님 건강 상태 때문에 연락드렸어요. 자세한 상황은 담당 선생님한테 들으시면 됩니다. 내일 오전 11시에 면담 잡아 놓겠습니다. 현재 식사도 잘하고 계시니 걱정하지 마세요."

"네, 알겠습니다."

잘 지낸다는 간호사의 말에 승우는 안도의 한숨을 내쉬고 다시 작업을 시작했다. 다음 날 연차를 낸 승우는 퇴근 후 소주

한 병을 들고 아무도 없는 텅 빈 집으로 들어섰다. 아무도 없는 어두운 집. 거실 주방에 널린 작업복을 한쪽으로 치우고 플라스틱 컵에 소주를 가득 채웠다.

꿀꺽꿀꺽.

알싸한 향과 함께 술이 목을 타고 넘어갔다. 승우는 얼굴을 찌푸리며 컵을 내려놓았다. 혼자 있는 시간이 외로워 한 잔 두 잔 마시다 보니 어느새 술 한 병을 넘기고 말았다.

그 순간, 초인종이 울렸다.

딩동딩동.

"누구세요?"

"나다, 성훈이! 인마! 문 열어!"

지난달부터 교대 근무 시간이 바뀌어 보기 힘들었던 성훈이 승우의 집 앞에 서 있었다.

"혼자 술 먹고 있었냐? 그냥 오기는 섭섭해서 선물!"

치킨과 함께 술을 잔뜩 들고 온 성훈의 모습에 승우의 굳은 입가가 저절로 풀어졌다.

"어쩐 일이야? 오늘 야간 근무 아냐?"

승우가 반가워하며 문을 열자, 성훈은 어깨를 들썩이며 검은 봉지를 흔들어 보이고 콧노래를 부르며 집 안으로 들어왔다.

자기 집인 듯 익숙하게 상을 펴고 안주를 늘어놓는 성훈의 모습에 승우는 혼자 마시던 술을 조용히 치우고 맞은편에 자리를 잡았다.

"살은 왜 이렇게 빠졌냐? 그냥 생각나서 왔지. 오랜만에 휴가도 냈고. 우리 마님이 이번엔 특별히 외박도 허락해 주셨다."

"오! 웬일이냐."

"이번에 상여금 받은 걸로 여행 예약했거든. 그랬더니 친구 만나러 가라고 용돈도 주시더라."

성훈과 오랜만에 하는 술자리에 우울했던 승우의 기분이 한층 가벼워졌다.

"역시, 제수씨가 최고다!"

"그래봤자 내 여자다. 넘보지 마, 인마. 너 혼자 술 먹고 있을 줄 알았다. 우리가 좋아하는 치킨! 자! 오늘 신나게 먹고 죽자!"

기분 좋게 외치는 성훈의 말에 괜스레 핀잔이 나왔다.

"혼자 고독을 즐기며 술 한잔하려 했는데, 자식이 눈치 없이 찾아오긴."

"아오, 헛소리 말고 이거나 마셔. 친구를 생각하는 형님의 갸륵한 마음을 네까짓 게 알겠냐?"

피식 웃는 승우에게 성훈이 술잔을 내밀었다.

"오늘 내가 끝내기 전엔 절대 못 자! 오늘은 합법적으로 쟁취한 외박 날이다. 으하하!"

"크큭, 그렇게 좋냐? 제수씨한테 일러야겠다."
"안 돼! 치킨을 보고 참아 주시게. 자, 마셔! 마셔!"
술잔 부딪히는 소리와 함께 두 사람의 시답지 않은 얘기와 웃음소리가 끊이지 않았다. 술을 마시다 뻗어 버린 성훈을 바라보니 승우의 가슴속에 쌓여 있던 답답함이 조금은 풀어진 듯했다. 친구의 잠든 모습을 보며 마지막 남은 술을 따라 마셨다.
"대장암 3기입니다."
얼마 전 건강검진 재검에서 들은 의사의 진단에 승우는 다른 말은 듣지도 않고 병원을 나왔다. 치료받을 돈도 없고, 치료받고 살 만큼 미래가 보이지도 않기에 치료를 포기했다.
'왜 나만…. 왜.'
매달 나가는 아버지 요양병원비에 월세까지 빠듯한 살림살이를 생각하면 승우의 암 치료는 꿈도 꿀 수 없었다. 그렇게 죽음을 받아들이기로 마음먹자 오히려 마음이 편안해졌다.
하지만 하나뿐인 친구에게 자신의 마지막을 부탁해야 하는 것이 미안했다. 늘 자기 일처럼 도와준 성훈에게 어떻게 말을 전해야 할지, 뒤처리를 맡겨야 하는 현실이 마음을 짓눌렀다.
'살고 싶다, 성훈아. 나도 행복해지고 싶은데. 진짜 살고 싶은데. 나 어떡하냐.'
마지막 부탁을 하기 위해 미안하다는 편지를 쓰다 멈추기를 반복하다가 결국 눈물을 떨구고 말았다.

  해가 중천에 뜬 시각, 휴대폰 알람 소리에 피곤한 눈꺼풀을 겨우 들어 올리며 주변을 둘러보니 성훈은 이미 떠난 후였다. 오전 10시. 집은 말끔히 정리되어 있었다. 깔끔하게 치우고 사라진 성훈을 생각하니 웃음이 나왔다. 승우는 찬물을 들이켜고는 병원에 갈 준비를 했다. 병원 면담 시간에 맞춰 진료실에 들어선 승우는 의사의 표정에 문득 불안감이 들었다.
"아드님이시죠."
"네."
  의사는 차트를 보며 연신 턱을 쓰다듬었다. 잠시 후 승우를 힐끔거리며 천천히 입을 열었다.
"현재 한정학 님은 알코올 중독으로 인한 중증 인지장애, 음주 조절 능력 상실은 물론이고, 일상생활 수행 능력도 심각하게 저하된 상태입니다. 거기다 당뇨합병증 때문에 걸음도 불안정합니다. 문제는 신체활동이 많이 느려졌습니다. 쉽게 말하면 노환이죠. 신체 전반의 기능이 나이보다 크게 떨어져 있습니다. 몸 안의 장기가 제 기능을 거의 하지 못하고 있어요. 우리 병원에서는 환자분에 따라 식단을 변화해서 드리고 있는데, 쉽지 않습니다. 그러니까…."

승우는 의사가 무슨 말을 하려는지 알 수 있었다.

"지금 상태로는 얼마 남지 않았습니다. 마음의 준비를 하셔야 할 듯합니다."

담담한 의사의 말에 승우는 질끈 눈을 감았다.

"네, 알겠습니다. 감사합니다."

이제 자신을 알아보지 못하는 아버지는 말을 걸면 다른 소리를 하며 먹는 것에만 집중했다. 한쪽 다리와 팔은 마비되어 앉는 것조차 힘들어했다. 간식거리와 실내화를 사 주고 병실로 들어가는 아버지의 뒷모습을 보자, 문득 잊고 있었던 어릴 적 기억이 떠올랐다. 아버지와 둘이 살던 시절에 가끔 두부를 사 와 두부찌개를 끓여 주며 환하게 웃던 아버지. 어릴 적 노을이 지던 어느 날 집 문 앞에 서 있는 나를 함박웃음을 지으며 안아 주던 아버지의 모습이 생각났다.

"젠장."

고작 몇 개 안 되는 아버지와의 좋은 기억이 자신을 괴롭혔다. 승우는 병원 앞 벤치에 앉아 담배에 불을 붙였다.

아버지와의 기억을 떠올리면 언제나 자신을 향해 욕하고 주먹을 휘두르던 기억이 가장 먼저 떠올랐다. 혼자 견뎌야 했던 폭력과 배고픔보다 아버지가 자신을 사랑해 주지 않았다는 사실이 더 괴로웠다. 그 길고 긴 시절을 지나 이제 좀 살 만하다고 생각했는데.

"당신이나 나나 참 기구하네."

승우는 폐 속 깊이 들이마신 담배 연기를 천천히 내뱉으며 걸음을 옮겼다. 늦은 저녁 가로등 불빛만이 비치는 골목길. 어둡고 적막감이 감도는 골목에 비틀거리는 발소리와 승우의 노랫소리가 들려 왔다.

"감수광, 감수광. 나… 어떡할래… 감수광…."

아버지가 서글퍼서 한 소절, 자신이 서글퍼서 한 소절.

술에 취한 아버지가 늘 부르던 이 노래를 이제는 자신이 부르고 있다. 어릴 적엔 이 노래가 세상에서 제일 듣기 싫었다. 그런데 지금, 그 노래를 아무렇지 않게 따라 부르고 있다니.

죽음을 앞둔 아버지와 아들. 마지막이란 생각 때문인지 희미하게나마 노래를 부르던 아버지의 심정을 알 것만 같다. 서글프게 노래를 부르던 아버지의 마음을. 승우는 갑자기 밀려오는 구토감에 가로등을 붙잡고 속에서 올라오는 것들을 게워 냈다. 차갑게 부는 바람이 어지럽던 정신을 붙잡아 줬다. 병을 진단받은 날부터 몸은 마치 죽을 날을 예고하듯 조금씩 무너져 갔다. 차디찬 현실을 원망해도 아무 소용 없다는 건 누구보다 잘 알고 있었다. 유일한 위안이라면, 아버지를 먼저 보내고 자신이 떠날 수 있다는 사실이었다. 쓴물이 올라오는 입을 거칠게 훔치고, 휘청이는 몸을 억지로 일으켰다.

그 순간 뒤에서 자박거리는 소리와 함께 둔탁한 충격이 가해지면서 승우의 몸이 그대로 무너졌다.

쿵.

갑작스러운 충격에 승우는 그대로 쓰러졌다. 청바지에 회색 후드티를 입은 남자는 가만히 서서 승우를 바라보며 콧노래를 불렀다. 자신을 내려다보는 남자의 얼굴은 보이지 않았다. 그저 까닥거리는 발이 무척이나 신나 보였을 뿐. 차가운 바닥 위로 쓰러진 승우의 시야가 점차 흐릿해졌다. 무겁게 내려앉는 눈꺼풀을 간신히 들어 올렸지만 몸이 더 이상 말을 듣지 않았다. 그저 검은 실루엣과 콧노래만 귓가에 들려왔다.

'아, 아버지…. 제발 아버지만이라도.'

차가운 겨울밤, 퍽치기를 당한 승우는 서른여섯 살의 나이로 생을 마감했다. 대장암으로 시한부 선고를 받은 그의 인생은 끝을 준비할 틈도 없이 허무하게 마무리되었다.

*

빛나요양병원의 한 병실에서 숙희와 인현은 계약자 승우와 함께 5월 20일 오후 4시 50분을 기다리고 있었다.

"틱, 틱, 틱, 틱."

초침 움직이는 소리와 함께 세 사람은 한정학의 임종을 기다리고 있었다.

"후회하지 않겠어요?"

숙희의 말에 한승우는 미소를 지으며 부드럽게 고개를 저었다.

"이것만으로 충분합니다."

"한승우 님의 죽음은 저승에서도 예측하지 못한 사고라, 피해 보상을 원한다면 도와드리겠습니다."

"괜찮습니다. 지금도 충분히 받았습니다."

그는 임종을 앞둔 아버지를 바라보며, 두 사람에게 조심스럽게 고개를 숙였다.

"감사합니다."

승우는 손끝으로 아버지의 머리를 쓰다듬었다.

"저승서점 덕분에 제 장례식과 아버지 장례도 걱정 없이 치를 수 있게 되었습니다. 그리고 친구까지 도와주셔서 너무 감사합니다."

숙희는 승우의 소박한 소원이 쉽게 이해되지 않았지만, 승우는 그것만으로도 충분하다는 듯 담담하게 미소를 지었다.

"좀 더 욕심을 내도 괜찮은데. 저승서점의 계약자 권리예요."

숙희는 잠시 말을 멈추고는 승우를 바라보며 조용히 물었다.

"그런데, 정말 다른 소원은 없나요?"

승우는 천장을 바라보다가 짧은 한숨과 함께 고개를 천천히 저었다.

"네, 정말 괜찮습니다. 죽음 이후의 세계도 알게 되었고, 제가 원하는 것도 이미 들어주셨잖아요."

그는 잠시 말을 멈췄다가 조용히 덧붙였다.

"저를 죽인 사람도 결국 저승에 오면 죗값을 치르겠죠. 아버지와 함께 마지막 길을 가는 것으로 만족합니다."

승우는 희미한 미소를 지으며 병상에 누워 있는 아버지에게 시선을 돌렸다. 호흡기에 의지해 의식이 흐릿한 아버지의 모습에서 여전히 누군가를 기다리는 마음이 느껴졌다. 승우의 눈가가 붉어졌다. 참아 왔던 눈물이 결국 쏟아졌다. 죽음을 맞을 때 떠올랐던 어릴 적 아버지의 모습. 언제나 고함을 치며 반항했던 자기 모습도 떠올랐다.

죽고 나서야 깨달았다. 아버지도 아버지가 처음이었다는 것을. 두 사람에겐 이야기할 시간이 있었지만, 그 시간 또한 무심히 흘려보냈다. 죽음 뒤에야 알게 된 건 말하지 못한 후회의 무게뿐이었다. 어릴 적에 매일 목말을 태우고 "내 아들 최고다!"라고 동네 사람들에게 자랑하던 아버지. 배고프다고 하면 허둥

지둥 밥을 차려 주며 아들의 밥 먹는 모습을 바라보던 아버지. 고열로 심하게 앓던 날, 거친 숨을 몰아쉬며 아들을 업고 숨 가쁘게 병원으로 뛰어가던 아버지. 잊고 있었던 추억이 죽고 나서야 기억났다.

아버지 역시 외로움과 괴로움을 벗어나기 위해 발버둥 치고 있었는데, 그런 아버지를 이해하려 하지 않았다. 자신이 알지 못하고 보려 하지 않았던 진심을 죽고 나서야 비로소 알게 되었다.

숙희와 인현이 자신을 찾아왔을 때, 비로소 죽었다는 생각이 들었다. 죽어 가는 자기 모습을 바라보면서도 끝내 믿지 못했던 죽음이 그제야 실감 났다.

명부에 따라 죽지 못하고 불의의 사고로 먼저 죽었다는 이유로 저승서점의 계약자가 된 승우는 이것이 자신에게 주어진 마지막 선물처럼 느껴졌다. 죽어 가면서도 미련이 남았던 걱정 한 가지, 아버지의 외로운 인생의 마지막을 함께하고 싶었다.

죽은 사람을 위해 소원을 들어준다는 저승서점. 두 사람 덕분에 아버지의 마지막 여정을 손 잡고 함께할 수 있게 되었다. 그것만으로도 후회와 미련을 내려놓을 수 있었다.

한정학은 가쁜 숨을 내쉬며 자신의 마지막을 예감했다. 항상 뿌옇던 정신이 서서히 돌아오면서 인생이 주마등처럼 흘러갔다. 남은 건 후회뿐인 인생이었다. 사망 선고를 내리기 위해 기다리는 의사와 간호사. 그들만 보일 뿐 아들의 모습은 보이지 않았다. 염치가 있다면 바라지도 말아야 하건만, 숨이 가빠질수록 아들이 보고 싶었다.

'제발, 한 번만….'

마지막으로 아들의 얼굴을 보고 가면 소원이 없을 듯했지만 야속하게도 숨이 점점 가빠지기 시작했다.

아들에게 잘해 주지 못했던 모습, 자신의 폭력에 벌벌 떨던 아들의 눈빛, 악에 받쳐 자신을 보던 아들의 눈빛.

하나뿐인 자식을 힘들게 했다는 후회와 눈물 속에서 한정학은 마지막 숨을 내쉬며 눈을 감았다.

"2024년 5월 20일 오후 4시 50분, 한정학 님 사망하셨습니다."

사망 선고가 내려지고 의사와 간호사들이 분주히 자신을 옮기는 사이, 멍했던 정신이 서서히 맑아졌다. 가벼워진 몸을 일으키자 처음 보는 남녀와 아들의 모습이 눈에 선명히 들어왔다. 충격에 머뭇거릴 틈도 없이 그는 흔들리는 다리를 질질 끌며 아들 앞으로 달려갔다. 떨리는 손으로 아들의 팔을 겨우 붙잡으며 무릎을 꿇었다.

"이…놈…아, 네가 왜…, 여기 있어. 네가, 네가 왜. 내가 떠나면 홀가분하게 살아야지. 내가 가면 신나게 살아야지. 왜 네가 여기 있어. 흐윽. 이놈아, 너는 여기 있으면 안 돼. 돌아가. 어서 돌아가!"

 본능적으로 자식의 죽음을 알게 된 아버지. 어서 가라고 밀치며 눈물을 쏟아내는 아버지 모습에 승우는 눈물을 터트렸다. 주저앉아 자신을 붙잡고 우는 아버지를 승우는 꼭 껴안았다.

 "못난 자식이 먼저 떠났어요. 죄송해요, 아버지. 끝까지 불효만 저질러서 죄송해요."

 "흐으윽…. 이놈아, 못난 아비 만나서 고생만 했는데 벌써 오면 어떡하누…. 미안하다, 미안해. 이 아비가 다 잘못했다. 크… 으윽. 기어이 내가 내 자식까지 잡아먹었구나."

 자신이 죽으면 편해지리라 생각했던 아들이 먼저 죽고, 죽어서야 아들을 보게 된 아버지는 깊은 절망과 슬픔을 토해 내며 울었다. 저승서점과의 계약으로 자신을 마중 나온 아들의 얘기를 들은 한정학은 숙희와 인현 앞에 무릎을 꿇고 빌었다.

 "제발 부탁드립니다. 우리 아들 다시 살려 주면 안 되겠습니까? 아직 제대로 살아 보지도 못하고 왔습니다. 우리 승우, 이제야 편해졌는데. 이제야 내가 없는데."

 젊은 나이에 죽은 자식을 보며 한정학은 가슴을 치며 한참 울었다. 지푸라기라도 잡는 심정으로 마지막까지 비는 아버지의 모습에 승우의 가슴은 한 번 더 무너졌다.

 "아버지, 우리 같이 가요. 저 어차피 아팠어요. 다음 생에 잘 살면 돼요. 그러니 가요, 아버지."

"한정학 님. 아드님께 정말 미안하다면, 아들 손 잡고 같이 가시면 됩니다."

숙희의 말에 한정학은 울음을 멈추고 잠시 말없이 고개를 숙여 감정을 추슬렀다. 두 사람이 얘기하는 동안 인현과 숙희는 조용히 기다려 주었다. 시간이 한참 흐른 후 숙희와 인현이 두 사람에게 다가갔다.

"이제 갈 시간입니다. 한승우 씨의 책은 판매가 완료되었으니 가벼운 마음으로 저승으로 가시면 됩니다."

오랜 해후를 마친 부자는 숙희와 인현에게 고마움을 담아 고개를 숙였다. 그리고 두 손을 꼭 잡고서 인현의 안내에 따라 삼도천을 향해 서서히 사라졌다. 숙희는 머리를 숙이고 명복을 빌어 주었다.

두 사람이 삼도천을 건너자 책이 배송되었다는 알림이 울렸다. 아버지와 함께 저승에 가고 싶다던 한승우의 소원을 위해 한정학이 사망하는 날로 예약 판매를 걸어 두었다. 다행히 책은 판매가 되었고 숙희와 인현은 나머지 소원을 위해 분주히 움직였다.

한정학이 저승으로 떠난 지 사흘째 되는 날. 성훈이 조심스럽게 유골함을 품에 안고 납골당 안으로 들어섰다. 승우가 잠들어 있는 곳. 승우의 유언대로 승우 옆자리에 아버지의 유골함을 조심스레 넣었다.

한정학.
한승우.

두 부자의 유골함이 나란히 놓인 납골당에서 성훈은 꾹꾹 참았던 눈물을 흘리고 말았다. 한동안 말없이 흐르는 눈물을 감내하던 그는 소매로 눈가를 훔치고 깊숙이 허리를 숙였다. 무거운 발걸음으로 주차장에 도착하자 성훈의 아내가 조용히 다가와 안아 주었다.
"이제 집으로 가자."
아내의 말에 성훈은 어두운 표정으로 힘겹게 고개를 끄덕였다. 차가 움직이기 시작하자 그는 자꾸만 뒤를 돌아보았다. 건물이 시야에서 완전히 사라질 때까지 성훈은 몇 번이고 고개를 돌려 뒤를 바라보았다. 집에 도착한 성훈은 꾸깃꾸깃해진 승우의 편지를 펼쳤다. 편지에는 수령 기간이 석 달 남은 로또 한 장이 들어 있었다. 뚝뚝 떨어지는 눈물과 함께 성훈은 편지를 가슴에 쥔 채 주저앉아 큰소리로 오열했다.

성훈아.

하고 싶은 말은 많지만, 고맙다.

염치없지만 내 마지막을 맡길 수 있는 사람은 너밖에 없다.

우리 아버지 병원비와 장례 부탁한다. 길지는 않을 거야.

내 통장에 있는 금액으로 충분할 거야.

비밀번호는 0526. 내 생일이다.

그리고 마지막까지 이런 걸 부탁해서 미안하다.

보잘 것 없는 내 인생에 너라는 친구가 있다는 게 가장 큰 행운이었다.

고맙다. 고맙고, 미안하다.

미리 말하면 네가 어떻게 나올지 아니까 말하지 못했다.

나중에, 아주 나중에 만나면 한 대 맞아 주마.

제수씨에게도 고마웠다고 전해 주라. 진심이다.

내 인생의 마지막 행운이 너에게 도움이 되길 바란다.

너의 꿈이 이루어지길.

 눈물 때문에 흐릿하게 보이는 짧은 편지를 성훈은 몇 번이고 손으로 쓰다듬었다. 어릴 적부터 홀로 모진 인생을 감당했던 승우가 안쓰러워서 가슴이 조여 왔다. 승우가 대장암이란 것을 진작 알았더라면, 차라리 치료라도 했더라면 그렇게 비명횡사하지는 않았을 거란 안타까움과 후회가 성훈을 놓아주지 않았다. 친구가 아픈 것도 모르고, 좀 더 신경 써 주지 못한 자신이 한심스러웠다. 승우에게 미안한 마음이 사라지지 않았다. 모든 것이 지나고 나서야 후회하는 자신이 너무나 한심했다.

"이까짓 게 뭐라고, 미친놈. 차라리 치료를 받지. 좋은 곳으로 이사라도 갔으면 그런 일은 없었잖아. 하고 싶은 거 다 해 보고 가지, 이 미친 새끼야. 흑, 바보 같은 놈아…."

아버지를 위해 아껴 가며 꼬박꼬박 모아 둔 병원비 1,000만 원과 자신의 생명 보험금, 그리고 수령 기간이 석 달 남은 복권. 마지막까지 자신을 믿고 모든 것을 맡긴 승우의 마음을 알기에 성훈은 곱게 접힌 복권을 찢지 못했다. 친구가 남긴 마음을 알기에. 혼자 남을 친구가 꿈을 이루길 바라는 그 마음을 너무나도 잘 알기에 차마 찢지 못했다. 그저 고마운 마음과 미안한 마음에 오열하는 것만이 마음을 표현할 방법이었다. 자기 마음과 달리 한없이 푸르게 빛나는 하늘을 쳐다보며 성훈은 빌었다.

'그곳에서 아프지 말고 행복해라, 승우야. 고맙다. 네가 준 선물 잘 쓸게. 먼 훗날에 내가 갈 때 꼭 마중 나와라.'

한승우의 소원을 마무리하기 위해 성훈을 지켜보던 숙희가 인현에게 편안한 목소리로 말을 건넸다.

"인현 님, 한정학 씨는 죄를 뉘우쳤겠죠? 그런데 한승우 씨가 왜 친구한테 복권을 남겼는지 아세요?"

마지막까지 성훈의 모습을 확인한 두 사람은 한적한 길을 걸으며 말을 이어 갔다.

"글쎄요. 친구의 꿈을 응원하는 마음 아닐까요? 어쨌든 돈이 있어야 하는 세상이니까요."

인현의 대답에 숙희는 씁쓸하게 웃었다.

"맞아요. 승우 씨는 돈이 자기가 줄 수 있는 전부라고 생각했대요. 돈 때문에 힘들었으니까. 예전에 아버지 재산을 빼돌려서 도망친 어머니가 갑자기 나타나 뭐든 빼앗아 갈 거라는 생각이 들어서 아예 욕심도 못 내게 복권으로 남긴 거라고 하더라고요. 죽기 전에 사망보험금 수령인을 친구 이름으로 바꿔 놓은 것도, 일부러 유산이나 장례 절차까지 모두 우리에게 소원 처리한 것도 엄마란 사람이 가져갈까 봐 그랬다네요."

숙희는 흩날리는 꽃잎에 시선을 뺏긴 듯 멈춰 섰다.

"그런데 알아보니, 엄마가 돈을 빼돌려 도망간 이유가 바람나서였어요."

쓸쓸하게 울려 퍼지는 숙희의 목소리에 인현은 조용히 어깨를 토닥였다.

"그것 또한 그 사람의 타고난 운명이겠지요."

인현의 말에 숙희는 하늘을 바라보았다.

"제가 궁금해서 가 봤는데요. 그 여자 사기당하고 혼자 힘들게 살고 있더라고요. 일부러 승우 씨한테는 말하지 않았어요. 마음 약한 사람이라 그냥 지나치지 못했을 게 뻔하니까요."
"현명한 판단이었습니다."
숙희가 허공을 향해 손을 펴자 바람에 흩날리는 꽃잎이 손에 날아들었다.

어느 군인의 소원

어느덧 저승서점 문을 연 지 1년이 지났다.

이제는 계약을 마치고 멍하니 여유도 즐기게 된 숙희는 창밖에 푸릇푸릇한 나뭇잎이 흔들리는 모습을 한참 바라보았다. 시간 가는 줄 모르고 풍경을 감상하던 숙희는 탁자를 톡톡 치는 소리에 뒤를 돌아보았다.
"언제 오셨어요?
"방금 왔습니다."
인현이 자신의 복귀를 알리며 책상에 앉았다. 오래된 주택가 골목 끝에 있는 작은 이층 단독주택 서점. 살아 있는 사람에게는 보이지 않는 저승서점 앞으로 몇몇 사람이 지나가고 있었다. 낮에도 무화수로 연결된 삼도천에는 수많은 영혼과 저승사자가 오갔다. 그 모습을 바라보던 숙희는 천천히 커피를 따르며 향을 음미했다.
"한승우 씨랑 한정학 씨는 아직도 저승에 있나요?"
"네, 늦게나마 부자간의 정을 나누는 중입니다. 저도 커피 한 잔 주시겠습니까?"
숙희가 웃으며 따뜻한 커피잔을 건넸다.
"승우 씨는 착한 건지, 답답한 건지 모르겠어요. 평생 아버지 때문에 그렇게 힘들었는데 끝까지 아버지 곁을 지켜 주잖아요."

잔을 가볍게 입에 가져간 인현은 미소를 머금은 채 조용히 말했다.

"한승우 씨는 사람을 포용할 줄 아는 이입니다. 저승길을 동행한 것도 결국 아버지가 외롭지 않기를 바라는 마음에서 비롯된 것이겠지요. 죽고 나서야 비로소 서로를 이해할 기회를 얻은 것으로 생각합니다."

숙희는 고개를 천천히 끄덕이며 창밖을 바라보았다. 그러다가 이내 자조 섞인 목소리로 조용히 중얼거렸다.

"저는 아직 철이 덜 들었나 봐요. 아직도 그들이 원망스럽게 느껴지는 걸 보면요."

숙희를 조용히 바라보던 인현이 차분한 어조로 말을 건넸다.

"원망이라는 감정은 상대를 조금이라도 이해하게 될 때 비로소 풀리는 법입니다. 전혀 이해할 수 없을 때는 원망을 넘어 원한이 되지요. 지금의 숙희 님은 아직 어떤 것도 이해할 수 없는 상황에 놓여 있을 뿐입니다."

인현은 잠시 말을 멈추고 뜸을 들이다가 부드러운 위로의 말을 건넸다.

"누구에게나 저마다의 사정이 있는 법입니다. 누군가를 원망한다고 해서 결코 잘못한 일은 아닙니다. 아무리 생각해도 미워하고 원망할 수밖에 없다면 그것 또한 숙희 님 마음이 정한 방식일 테지요. 괜히 그 감정 때문에 자신을 탓하거나 자책하지 않았으면 합니다."

잠시 조용한 침묵이 흘렀다. 숙희는 고개를 끄덕이며 미소를 지었다.

"인현 님, 감사해요. 위로가 되네요."

숙희도 자신이 우스운 듯 피식 웃었다. 그러고는 휴대폰을 꺼내 사진 한 장을 인현에게 보여 주었다. 회색 후드에 청바지를 입은 남자의 뒷모습.

"그런데요, 한승우 씨를 죽인 이 남자 도대체 정체가 뭘까요? 간신히 사진 한 장 건졌는데, 그 뒤로는 전혀 찾을 수가 없어요. 명부에도 없고, 운명선에도 없고, 업보 추적에도 안 나와요. 이 정도면 혹시 제 능력에 오류가 생긴 게 아닐까요?"

인현은 숙희의 진지한 표정에 잠시 말문이 막혔다가, 이내 피식 웃음을 터트렸다. 가볍게 한숨을 내쉬며 태블릿을 꺼내 저승넷에 접속했다.

"숙희 님의 능력에는 아무 이상 없습니다. 가끔 이런 일들이 벌어집니다. 자주 있는 일은 아니지만, 명부에 기록되지 않은 자들이 이승과 저승을 헤집고 다니곤 합니다. 이번에도 그런 자 중 하나일 겁니다."

인현이 태블릿을 조작하며 말했다.

"사실, 이미 저승넷에 제보한 상태입니다. 제보가 들어오는 대로 바로 알려드리겠습니다."

"네, 그리고 오늘 밤 11시에 장례식장 가는 거 기억하시죠?"

"기억합니다. 밤 10시 반까지 쉬었다가 만나시죠."

"이따 봬요!"

숙희가 가벼운 발걸음으로 방으로 향했다. 인현 또한 창밖의 풍경을 바라보다가 계단을 향해 걸어갔다.

*

참으로 견디기 힘든 삶이었습니다.

이제야 이 저주받은 삶이 다했음에 감사할 뿐입니다.

눈을 떠도 감아도 잊히지 않습니다.

제 손에 묻힌 핏물들은 평생 씻기지 않았습니다.

습하고 더운 날씨, 한 발짝 움직일 때마다 땀이 온몸을 적시고 벌레가 달라붙었습니다. 흘러내린 땀에 눈이 따가워도 작은 소리가 들릴 때마다 반사적으로 총구를 들었습니다.

걸을 때마다 푹푹 빠지는 다리, 물에 잠긴 전투화, 24시간 덥고 습한 끈적한 날씨, 숨을 쉴 때마다 올라오는 썩은 냄새. 상처에 벌레가 파고들어도 버텼습니다.

매일 옆에서 죽어 가는 전우들. 그럼에도 악착같이 살고 싶었습니다. 날카로운 대나무 창이 죽어 가는 전우의 몸을 푹푹 찔러도, 그 핏물이 제 온몸을 적셔도 오롯이 고국에 있는 부모님과 동생만 생각하며 버텼습니다.

우리가 무엇을 잘못했을까요? 그 사람들은 무엇을 잘못했을까요. 자문하고 자문하며 악착같이 버텼습니다.

그날은 한 치 앞도 보이지 않을 만큼 폭우가 쏟아져 내렸습니다. 쏟아지는 빗소리에 몸을 숨긴 채 동호와 경계 주시하고 있었습니다. 빗소리가 모든 소리를 감추던 그때, 뒤편에서 짙은 그림자가 덮쳤습니다. 몸을 돌려 총구를 들이민 순간 빗물에 미끄러져 총을 놓치고 말았습니다.

이제 나도 전우들 곁으로 가는구나 하고 생각하는 순간

기다란 대나무 창이 동호의 가슴을 꿰뚫었고,

저는 울부짖으며 총을 움켜쥐고 그대로 방아쇠를 당겼습니다. 길고 길었던 치열한 전투 끝에 살아남은 자는 얼마 없었습니다. 이후 반병신이 되어 돌아온 고국에서도 환하게 웃으며 말하던 동호의 말이 잊히지 않습니다.

"내는 우리 월례랑 내 아들한테 꼭 돌아갈끼다. 우리 월례랑 진달래 언덕에서 약속했다. 이쁜 꼬까옷도 사 주고 우리 아들 목말도 태워 주

겠다고. 그러니까 우리 살자. 살아서 고국으로 돌아가자."

질긴 목숨, 그 친구 덕에 살아온 목숨이기에 죽고 싶어도 그놈이 살려 준 목숨 함부로 버릴 수 없었습니다.

죽음이 코앞에 닥칠 때마다 이를 악물었습니다.

제 삶의 힘겨움을 가엾게 여겨 주신다면 제발 들어주십시오.

제 친구가 죽는 순간까지 그리워한 가족을 만나게 해 주십시오. 제 죽음으로도 갚을 수 없는 은혜를 제발 갚게 해 주십시오. 그래야 편하게 떠날 수 있을 것 같습니다.

제발 부탁드립니다.

용서받지 못한 전우 올림

*

구름 한 점 없이 맑은 밤하늘에 초승달이 희미하게 비치는 밤. 인현과 숙희는 저승서점에서 멀지 않은 대형 병원 앞에 도착했다. 어두운 지하 주차장 옆으로 장례식장이라 적힌 작은 간판이 희미한 불빛을 내며 걸려 있었다. 병원에 가까워질수록 수많은 영혼과 잡귀가 떠다니며 하늘을 까맣게 뒤덮었다. 그러나 이상하게도 두 사람이 발걸음을 옮기자 그 기척을 감지한 듯 병원 주변을 맴돌던 존재들이 하나둘 자취를 감추기 시작했다. 그 모습을 본 숙희가 피식 웃으며 속삭였다.

"오, 인현 님이 온 걸 눈치챘나 봐요. 눈치가 빠른데요?"

인현은 고개를 살짝 기울이며 대꾸했다.

"자기들 잡으러 온 줄 아는 모양이죠. 도망치는 속도를 보니 뭔가 찔리는 게 있긴 한가 봅니다."

숙희가 곁눈질로 멀찍이 떠다니는 검은 덩어리를 가리키며 물었다.

"그런데 저기 저자들은 왜 안 잡아요?"

인현이 시선을 돌려 검은 덩어리를 쳐다보자 후다닥 사라지는 모습이 보였다.

"병원은 삶과 죽음의 경계가 흐릿한 곳입니다. 명부대로 혼을 인도하러 왔다가도 그냥 발길을 돌리는 경우가 많지요."

"마치 출근만 했다가 조퇴하는 느낌이네요. 개꿀?"

숙희의 말에 인현은 헛기침하며 말을 이었다.

"원귀야 당연히 데려가야 하지만 잡귀들은 그냥 두는 일도 있습니다. 의외로 소식통 역할을 하거든요. 기껏해야 작은 장난만 치기 때문에 그리 위험하지는 않습니다. 제법 쓸모 있을 때가 많습니다."

숙희는 고개를 끄덕이며 혼잣말처럼 중얼거렸다.

"귀신도 직업이 있어야 살아남는 시대라니, 세상이 많이 변했네요."

인현은 그 말에 미소를 지으며 조용히 장례식장 안쪽을 가리켰다.

"자, 오늘의 목적지에 도착했습니다. 이제 업무 시작하죠."

지하 102호 국화실.

쟁반 가득 음식을 나르며 분주히 오가는 사람들과 상복을 입은 조문객들 사이에 하얀 국화꽃으로 둘러싸인 한 노인의 영정사진이 놓여 있었다. 곳곳에 소주잔을 기울이며 나누는 이야기와 고스톱을 치는 소리가 뒤섞여 어수선한 분위기였지만, 상복을 입은 중년 부부와 젊은 남녀는 조용히 눈물을 훔치고 있었다.

"그래도 다행이에요. 손주까지 다 보고 떠나셨으니."

"이 정도면 호상이지."

"형님, 저 왔습니다."

"삼가 고인의 명복을 빕니다."

향냄새가 은은하게 퍼지는 가운데, 문상객 사이를 지나 인현과 숙희가 영정 앞에 다가섰다. 그때 하얀 한복을 입은 여인이 두 사람을 향해 다가왔다.

"저를 마중 나오신 분들이오?"

인현이 명부를 확인하며 고개를 끄덕였다.

"그렇습니다, 이월례 님. 1937년 4월 15일생 본인 맞으십니까?"

"네, 맞습니다. 이제야 오셨군요."

"네, 이월례 님. 저승으로 안내해 드리겠습니다."

인현의 말에 여인은 말없이 가족들의 모습을 오래도록 눈에 담고는 인현과 숙희를 따라 저승으로 발걸음을 옮겼다.

"저승사자님, 저승에 가면 우리 남편 만날 수 있을까요?"

애환 어린 월례의 말에 인현은 조용히 고개를 끄덕였다. 베트남 전쟁에 참전한 뒤 실종되어 소식이 끊긴 남편을 한평생 기다린 월례의 눈가에 눈물이 맺히기 시작했다.

세 사람은 곧바로 삼도천으로 향했다. 선착장에 다다르자 안개처럼 스쳐 지나가는 수많은 영혼 사이로 낡은 군복 차림의 젊은 남자가 말없이 서 있었다. 월례는 깜짝 놀란 듯 발걸음을 멈췄고, 이내 커진 눈으로 남자를 바라보았다. 인현이 천천히 남자의 앞으로 안내했다. 한 걸음 한 걸음 내디딜 때마다 월례의 모습은 점점 젊은 시절로 되돌아갔다.

낡은 군복을 입은 남자의 앞에 멈췄을 때는 까만 머리카락을 곱게 쪽진 스무 살 안팎의 여인이 되어 있었다. 그 순간 마치 시간을 거슬러 올라가듯 주위에 색색의 진달래꽃이 두 사람을 감싸듯 피어났다.

월례는 조심스레 남편의 얼굴에 손을 얹었다. 남편 눈에는 월례를 향한 수십 년의 그리움과 회한이 가득했다. 남편은 아무 말 없이 아내를 조심스레 끌어안았다. 아, 얼마나 기다렸던가. 남편의 품에 안겨 월례는 오랜 기다림의 응어리가 터지듯 참아 왔던 슬픔을 쏟아냈다. 홀로 자식을 키우며 살아온 지난 세월의 고됨을 알기에 남편은 말없이 아내를 꼭 끌어안고서 등을 토닥였다.

"늦었소. 얼마나 아팠소. 참으로 길고 긴 세월이었소. 하나뿐인 아들 잘 키웠단 소리 듣고 싶어 열심히 살았소."

"안다. 고생 많았지. 꼬까옷 한 벌 못 사 주고, 우리 아들 목말도 못 태워 주고 미안하다. 월례야, 미안하다."

그는 떨리는 두 손으로 아내의 얼굴을 조심스레 매만졌다.

"많이 보고 싶었소."

간신히 입 밖으로 내뱉은 남편의 한마디에 월례는 남편의 얼굴을 매만지고 매만졌다. 얼마나 마음 아팠는지, 얼마나 외로웠는지 말 대신 눈물로 전하며 흐느꼈다. 남편 역시 아내를 놓칠세라 두 팔로 더 단단히 감싸 안았다. 그 모습을 말없이 지켜보던 숙희가 두 사람 곁으로 다가가 부드럽지만 정중한 목소리로 말을 건넸다.

"해후를 풀기엔 모자라지만, 이제 가셔야 합니다. 명복을 빕니다."

그 말에 두 사람은 서로의 손을 잡고 삼도천 배에 올랐다. 안개 낀 물살을 따라 배가 떠나가고, 모습이 보이지 않을 때까지 숙희와 인현은 말없이 배웅했다. 숙희는 인현을 돌아보며 조심스럽게 물었다.

"인현 님, 저 궁금한 게 하나 있는데요."

숙희는 잠시 망설이다가 인현을 쳐다보며 물었다.

"저 진달래꽃, 인현 님이 일부러 피운 거 맞죠?"

"아, 그게 궁금하셨습니까?"

숙희는 두 눈을 가늘게 뜨며 다시 물었다.

"인현 님이 한 거 맞죠? 삼도천에 때마침 진달래가 딱 피었을 리가 없잖아요. 헤헤."

인현은 의미심장한 미소를 지으며 천천히 발걸음을 옮겼다.

"진달래의 꽃말을 아십니까? '사랑과 기다림'이란 뜻이죠. 두 사람의 애틋한 마음에 이끌려 진달래가 피었을 뿐입니다."

숙희는 피식 웃으며 고개를 저었다.

"네, 네. 모른 척해 드리겠습니다. 그래도 두 분이 오랜 기다림 끝에 만난 걸 보니 제가 더 뿌듯하네요. 환생하면 다시 만나 행복하게 살겠죠?"

"그럴 겁니다. 오랜 기다림 끝에 만났으니 서로 더 아끼며 사랑하는 인연이 될 겁니다. 그런데 계약자분의 책은 판매되었습니까?"

"아뇨, 이제 팔아야죠! 남편분과 같이 참전한 군인이었고, 국가 유공자 우대로 저승서점에 오셨어요. 친구 덕분에 목숨 건졌다고 친구를 위해 소원을 비셨어요. 바로 오늘의 주인공이죠."

인현은 입가에 살짝 미소를 띠며 편안한 목소리로 말했다.

"그러면 저희가 해야 할 일은 명확하군요. 책을 빨리 판매하는 것. 가시죠."

"네!"

두 사람은 밝게 웃으며 저승서점으로 발길을 돌렸다.

며칠 전, 숙희는 인현이 보내준 파일을 열어 보다가 고개를 갸웃거렸다. 익숙지 않은 남자의 신상이 적혀 있었기 때문이다.

"유지상? 이분 누구인가요?"

숙희가 의아한 표정으로 묻자, 인현은 파일 하나를 내밀었다.

"이미현 계약자 기억나시죠?"

"아, 작년에 계약하신 분이요. 남자친구가 유지상 씨였군요. 그러잖아도 이미현 씨 소원을 실행할 시기가 다가오고 있었는데, 혹시 무슨 문제라도 생겼나요?"

인현은 무거운 목소리로 말을 이었다.

"네, 유지상 씨가 내일 죽습니다. 몇 시간 전에 운명선이 갑자기 바뀌었습니다."

그 말을 들은 숙희는 믿기지 않는다는 듯 목소리를 높였다.

"네? 그럴 리가요! 명부에 이상이 없는 걸 확인했는데."

갑작스럽게 유지상이 죽는다는 인현의 말에 숙희는 믿기지 않는다는 표정으로 명부를 다시 확인했다. 분명히 이미현과 계약할 당시 수명이 75세까지라고 기재되어 있었고, 자세히 확인한 뒤 계약한 건이었다. 다시금 명부를 살펴보았지만 어디에도 죽음이 예고된 흔적은 없었다. 숙희는 당혹감이 그대로 드러난 얼굴로 인현을 바라보았다. 인현은 깊은 한숨을 내쉬며 무거운 표정으로 입을 열었다.

"얽히면 안 되는 사람과 얽혔습니다. 이미현 씨도 그날 죽을 운명이 아니었습니다. 그래서 제가 저승서점으로 데려왔던 거고요."

"맞아요. 명부대로 살지 못하고 오는 영혼 위주로 계약을 받고 있으니까요. 그런데 대체 어떤 자와 인연이 얽혔길래."

인현은 품 안에서 곱상하게 생긴 남자의 사진을 꺼내 숙희에게 보여 주었다.

"이미현 씨를 죽인 자입니다. 지금 여섯 건이나 살인했고, 앞으로 더 많은 살인을 저지를 운명을 가진 자입니다. 지상 씨가 미현 씨 죽음에 관해 계속 글을 올리자 앙심을 품은 거지요. 혹시나 살리는 방법을 찾아봤지만, 명부에 이미 사망 일자가 찍혀 있어서 불가능했습니다."

숙희는 얼굴을 찌푸리며 답답한 마음을 감추지 못한 채 말했다.

"아직 죽지 않았잖아요. 그냥 살리면 안 돼요? 염라대왕님께 허락받으러 가요. 우리한테 그 정도 권한은 있잖아요. 게다가 계약자 소원이 우선 처리 가능한 조건인데, 정말 안 되나요?"

인현이 한숨을 내쉬며 말을 이었다.

"알고 있지만, 실은 유지상 씨가 죽어야 이 자를 잡을 수 있습니다. 연쇄 살인범과 인연이 엮인 이상 운명 조작도 먹히지 않습니다."

숙희는 믿기지 않는 상황에 고개를 절레절레 저으며 깊은숨을 내쉬었다. 입술을 꾹 다문 채 아무 말도 하지 못하고 창밖을 바라보았지만 답답함만 쌓여 갔다.

"이 사람 때문에 갑자기 유지상 씨가 죽는다는 거죠?"

인현은 잠시 숨을 고르더니 조심스레 말을 꺼냈다.

"숙희 님, 연쇄 살인범의 운명은 누군가의 죽음을 통해 드러납니다. 유지상 씨가 죽어야 그 뒤에 이어질 수많은 희생자가 살 수 있습니다."

숙희는 숨이 막히는 듯 가슴이 답답해졌다. 죽음에 익숙해졌다고 생각했지만 '운명'이라는 말 뒤에 숨겨진, 누군가의 죽음이 당연시되는 현실은 쉽게 받아들일 수 없었다. 눈앞에 드리워진 사실에 머릿속이 혼란스러웠다.

"그러면 원래 죽기로 되어 있는 사람은 누구인가요?"

숙희가 꺼낸 질문에 인현도 무거운 한숨을 내쉬며 답했다.

"원래대로라면 이자가 스물다섯 명을 살해한 뒤 병으로 생을 마감하면서 정체가 드러날 운명이었습니다. 그런데 유지상 씨의 행동으로 불안감을 느낀 범인이 유지상 씨를 표적으로 삼으면서 나머지 희생자들이 살게 되었습니다."

숙희는 믿기지 않는다는 듯 중얼거렸다.

"이런 미친…."

꼬여도 이렇게까지 꼬일 수 있다는 사실에 숙희와 인현은 깊은 한숨을 내쉬며 이마를 짚었다. 사람을 죽이는 살성을 지닌 이들은 때로 타인의 운명조차 제멋대로 비틀어 버린다. 더 큰 희생을 막기 위해서는 누군가가 미끼로 던져지게 되는데, 이번엔 유지상이 그 대상이었다. 숙희는 한동안 말없이 앉아 있다가 힘겹게 입을 열었다.

"그러면 유지상 씨 삶은 누가 책임져 주나요?"

*

한 달째였다.

맞은 편 창가를 지켜보던 남자는 더 이상 같은 방식으로는 어렵겠다는 결론을 내렸다. 목표물이 스스로 나오길 기다리기엔 남자의 인내심이 모자랐다.

자신이 정해둔 날짜는 내일. 남자는 턱을 매만지다가 소매 끝에 묻은 머리카락을 보고 눈살을 찌푸렸다. 배낭에서 투명 테이프를 꺼내 소매 끝부터 훑으며 옷에 묻은 먼지를 떼어 냈다.

먼지가 묻은 테이프를 접어 검은 비닐봉지 안에 차곡차곡 넣는 순간, 바닥에 떨어진 머리카락 한 가닥이 보였다. 남자는 바닥에 납작 엎드려 자신의 흔적을 제거했다. 테이프를 떼는 소리와 함께 남자는 날카로운 시선으로 주변을 훑었다. 벽 틈, 문틀 모서리, 문손잡이까지 꼼꼼히 살핀 뒤 가방을 메고 현관으로 향했다.

"많이 연습했으니까 이번에는 더 간단할 거야."

남자는 혼잣말을 내뱉으며 문을 나섰다. 그 순간 경찰차 사이렌 소리가 귓가를 파고들었다. 남자의 두 눈이 날카롭게 번뜩이며 지구대 방향을 응시했다.

"아, 이 방법이 있었네. 키키키."

그의 입가에 차갑고 싸늘한 웃음소리가 조용히 울려 퍼졌다. 한 달 동안 솟구치는 욕망을 간신히 억누르며 참아 냈다. 준비는 완벽했다. 목표가 눈앞에 다가올수록 그의 심장은 뜨겁게 뛰었다. 목표물을 죽이기 전에 찾아오는 불안과 흥분 사이의 미묘한 감정을 즐기며 남자는 콧노래를 흥얼거렸다.

컴퓨터 주변에 널브러져 있는 컵라면과 먹다 남은 음료들. 그 위로 담배꽁초가 가득한 방 안. 지상은 오늘도 어김없이 울리는 벨 소리에 휴대전화를 뒤집었다. 지금 그에게 남은 건 미현을 죽인 범인을 찾는 일뿐이었다. 덥수룩하게 자란 수염과 헝클어진 머리카락 사이로 눈빛이 형형하게 빛나고 있었다. 지상은 입술을 깨물며 인터넷에 글 올리는 일을 반복했다.

'힘내세요.'

'삼가 고인의 명복을 빕니다.'

'얘 아직도 이러고 다님?'

혹시나 새로운 댓글이 달렸을 거라는 기대감에 새로 고침을 해 보지만, 세상은 여전히 무심했다. 아무도 자신의 절박함을 이해하지 못하고 쓸데없는 글만 이어지자 답답함에 화가 치밀어 올랐다. 이내 머리를 쥐어뜯으며 눈을 감자, 그날의 끔찍한 기억이 다시금 떠올랐다.

'미현아, 미안해. 그날 데리러만 갔어도.'

이제 와서 후회해 봐야 아무 소용 없다는 걸 알면서도, 죄책감은 쉽게 사라지지 않았다.

그렇게 무의미한 반복 속에 시간을 보내던 깊은 밤. 적막을 깨는 초인종 소리가 방 안에 울려 퍼졌다.

"딩동. 딩동."

힘겹게 일어난 지상은 인터폰 화면을 바라보았다. 한 남자가 서 있었다. 지상은 비틀거리는 걸음으로 나가 현관문을 살짝 열었다.

"무슨 일이죠?"

현관 앞에 자신을 찾아온 경찰을 보고서 무심결에 퉁명스러운 말을 내뱉었다.

"안녕하십니까, 삼덕동파출소 김운경 순경입니다. 늦은 시간에 죄송합니다. 신고가 들어와서요."

"신고라니요? 아무 일 없습니다."

"죄송합니다. 그래도 파출소로 신고가 들어온 건 반드시 확인하는 게 절차라 양해 부탁드립니다. 믿지 못하신다면 여기 신분증 보여 드리겠습니다."

순경이라고 소개한 남자는 신분증을 꺼내 보여 주었다. 지상은 잠금장치를 해제하고 문을 살짝 열었다.

"무슨 신고요?"

문이 열리는 순간, 밀려오는 역한 냄새와 지저분한 옷차림에 초췌한 모습의 지상을 본 김 순경은 잠시 숨을 참으며 침착하게 말을 꺼냈다.

"5분 전에 여기서 싸우는 소리가 들린다는 신고가 들어왔습니다. 아무 일 없습니까?"

"그런 일 전혀 없습니다. 저는 계속 혼자 있었습니다. 누군가가 장난 전화를 한 것 같네요."

말이 끝나기 무섭게 닫히려는 현관문을 잡고 김 순경은 외쳤다.

"번거로우시겠지만 안을 한번 확인해 봐도 되겠습니까?"

의심의 눈초리로 집 안을 확인하는 경찰의 모습에 지상은 문을 활짝 열었다.

"확인해 보세요."

김 순경은 빠르게 안으로 들어와 내부를 훑었다. 여기저기 지저분한 쓰레기와 침구가 있고, 현관에는 남자의 신발과 슬리퍼만 놓여 있었다. 지저분한 책상 위에는 컴퓨터에서 나오는 밝은 빛만 있을 뿐 적막함이 가득했다. 김 순경은 확인을 마치고 고개를 꾸벅 숙였다.

"협조해 주셔서 감사합니다. 요새 뜸하더니 다시 장난 전화를 하는 분이 있네요. 늦은 시간에 죄송합니다."

"아닙니다. 수고하세요."

정중히 인사하고 현관문을 나서는 경찰의 뒷모습을 잠시 바라보던 지상은 이내 집 안을 향해 몸을 돌렸다. 그 순간, 숨이 턱 막히는 듯한 압박감이 목을 타고 올라왔다. 가쁜 숨을 내쉬려 했지만 폐 속 공기는 빠져나가지 않았다. 고개를 뒤로 젖힌 채 눈을 치켜뜬 지상의 시야에 들어온 것은 자신의 목을 조르며 비뚤어진 미소를 짓고 있는 김 순경이었다. 순하게 보이던 눈동자에는 살기와 희열이 가득 담겨 있었다. 그 미소에서 지상은 등줄기를 타고 흘러내리는 공포를 느꼈다. 그 순간 무릎이 풀리고 손끝에는 힘이 들어가지 않았다. 지상의 몸이 툭, 바닥으로 주저앉듯 떨어졌다. 등이 거실 바닥에 부딪히는 둔탁한 소리가 울렸고, 시야는 점점 좁아지며 어두워졌다. 덜덜 떨리는 눈꺼풀 사이로 마지막에 포착한 것은 남자의 검은 구두 끝이었다.

"여자친구가 죽었으면 가만히 입 닥치고 살지. 사람 귀찮게 만들어."

남자의 말을 듣는 순간, 지상은 그가 미현을 죽인 범인임을 직감했다. 목이 조여 오고 시야가 깜깜해질 때까지 지상은 그의 얼굴을 기억하기 위해 눈을 떼지 않았다.

"너… 네가…."

지상은 입술을 떨며 겨우 말을 꺼냈다. 그러나 목소리는 점점 흐려질 뿐이었다. 남자는 희열에 찬 표정으로 지상의 고통을 깊이 음미하는 듯했다.

"크크크크."

발로 지상의 목을 짓누르는 동안 남자는 웃고 있었다. 아무 발악도 하지 못하는 지상은 숨이 점점 가빠지면서 눈앞이 어두워지는 것을 느꼈다.

"크크크, 네 여자친구에게 안부 전해 줘."

남자는 마치 오래 준비해 온 대사를 읊듯 말했다. 지상의 목에서 마지막 숨이 빠져나가며 몸이 힘없이 축 늘어졌다. 남자는 한결 가벼워진 몸짓으로 아무 일도 없었다는 듯 콧노래를 흥얼거리며 문 앞에 두었던 가방을 가져왔다. 그리고 능숙하게 신발을 벗고 집 안으로 들어섰다. 현관 앞에서 모든 장면을 지켜보던 숙희는 애써 담담한 표정을 지으려 했지만, 온몸이 떨리고 있었다.

"진짜 유지상 씨가 죽으면 저 사람을 잡을 수 있는 거죠?"

숙희가 떨리는 목소리로 말했다.

"그냥 제가 이 자리에서 죽이는 건 안 되겠죠?"

인현이 조용히 고개를 저었다.

"숙희 님, 그건 불가능합니다."

인현의 목소리는 평상시와 다르게 낮고 단호했다.

"지금 우리가 개입하면 수많은 희생자가 생깁니다."

그는 잠시 숙희의 눈을 바라보다가 더 낮은 목소리로 말을 이었다.

"기억하십시오, 저놈 손에 죽게 될 사람들을. 유지상 씨가 죽어야 그 희생자들이 위험에서 벗어날 수 있습니다."

숙희는 분노에 이를 꽉 깨물며 고개를 떨궜다. 인현은 한 걸음 다가서며 부드럽게 덧붙였다.

"지금 우리가 해야 할 일은 유지상 씨를 우리 계약자로 만드는 일입니다. 그런 다음 이 살인자에게 벌을 내려도 늦지 않습니다."

숙희는 이를 악물며 말했다.

"힘을 가지면 뭐 해요. 정작 저런 인간 하나 죽이지도 못하는데."

지상을 끌고 욕실로 향하는 남자를 바라보는 인현의 시선은 차갑고 냉정했다.

"죽인다고 저자가 과연 죄를 뉘우치겠습니까? 살아 있는 동안에도 합당한 벌을 내려야 하고, 죽은 이후에는 영겁의 시간 동안 죗값을 치르게 해야 합니다."

인현은 한 치의 흔들림 없는 태도로 지상의 죽음을 묵묵히 지켜보았다.

"숙희 님, 우리가 지키는 건 정의가 아니에요. 균형입니다."

인현의 목소리가 조용하지만 힘 있게 울려 퍼졌다.

"이승과 저승은 결국 하나의 흐름으로 이어져 있습니다. 그리고 우리가 하는 일은 단순히 죽은 자를 인도하는 데 그치지 않습니다. 못다 한 생을 온전히 마무리할 수 있도록 돕고, 삶과 죽음의 균형을 맞추는 일입니다. 아주 작은 기적과 함께 말이지요. 대신 살아 있는 동안 그에 합당한 처벌이 가능하니, 조금만 참으십시오."

곧이어 남자는 지상을 욕실로 질질 끌고 갔다. 그러고는 속옷만 입은 채로 익숙하다는 듯 라텍스 장갑을 끼고 가방에서 칼을 꺼내 지상의 목덜미 쪽으로 가져갔다.

푹.

살을 가르는 날카로운 소리. 이어지는 또 한 번의 무자비한 찔림.

푹.

칼이 살을 찍는 둔탁한 소리와 끔찍한 마찰음이 환풍기 소음과 뒤엉켜 욕실 안을 가득 메웠다. 남자의 이마를 타고 흐르는 땀방울과 함께 비릿하고 눅진한 공기가 가득 찼다. 말없이 지상의 몸을 난도질하던 그는 토막 낸 시신을 김장용 비닐봉지에 하나씩 차곡차곡 담아 넣었다.

"유지상, 1994년생."

"유지상, 1994년생."

"유지상, 1994년생."

인현이 지상을 불러들이는 동안 숙희는 피에 흠뻑 젖은 남자에게 천천히 다가갔다. 뽀얀 피부에 순진해 보이는 인상. 톱질하는 남자의 눈동자에 형용할 수 없는 기쁨이 가득했다. 마치 싱싱한 고깃덩어리를 음미하듯 절단한 시신의 피를 핥는 남자의 모습에 숙희는 화들짝 놀라며 뒤로 물러섰다.

인현이 유지상의 이름을 부르자 몸에서 빠져나온 지상은 눈앞에 펼쳐진 광경에 정신을 차리지 못했다.

피범벅이 된 자기 몸을 난도질하는 남자와 남자의 움직임에 따라 흔들리는 자기 몸.

'도대체 무슨 일이 일어난 거지? 왜, 왜 이렇게 된 거야?'

공포에 질린 그의 눈동자가 심하게 떨렸다.

이를 지켜보던 숙희는 조용히 수인을 맺어 지상의 혼란스러운 감정을 안정시켰다. 푸른색 빛무리가 지상의 몸을 감싸자 공포와 혼란스러웠던 감정이 점차 안정되었다.

"유지상 씨, 당신은 죽었습니다. 저희와 함께 가시겠습니까?"

"저 죽은 건가요?"

"네, 당신은 죽었습니다. 지금 여기를 벗어나는 게 좋을 것 같군요."

"아, 이놈이 제 여자친구를 죽였어요! 제발 도와주세요."

"지상 씨, 충격이 크겠지만 유지상 씨에게 드릴 말이 있어요. 이미현 씨 이야기입니다."

지상은 미현의 이야기란 말에 고개를 번쩍 들었다.

"우리 미현이요? 우리 미현이를 만날 수 있나요?"

"미현 씨가 유지상 씨를 위해 저희와 계약했어요. 함께 가면 보실 수 있어요."

"숙희 님, 유지상 씨를 모시고 가십시오. 저는 염라께 다녀오겠습니다."

인현은 진지한 얼굴로 말을 이었다.

"계약자의 소원이 이루어지기 전에 사건이 발생한 상황이라,

이미현 씨의 계약 조건 또한 재검토가 필요합니다. 저희가 어디까지 개입할 수 있는지 염라대왕님께 최종 판단을 받아야 합니다."

"알겠어요. 지상 씨, 저와 함께 기다려요. 그리고 인현 님, 가능한 한 이분들이 만족하실 수 있도록 많이 받아오세요. 부탁드릴게요."

 숙희가 지상을 데리고 홀연히 사라지자, 인현은 상부에 보고하기 위해 저승으로 향했다. 지상의 집에서는 여전히 불쾌한 소음이 끊임없이 들려왔다.
 저승서점에 도착한 숙희는 지상에게 커피를 건네고 마주 앉았다. 자신이 죽었다는 사실을 점차 받아들이며 안정을 찾아가는 지상을 바라보며, 숙희가 조심스레 입을 열었다.
 "지상 씨, 지금 많이 혼란스럽겠지만 잠시만 제 말에 귀 기울여 주세요. 일 년 전에 저희와 계약한 미현 씨의 계약 문제 때문에 이곳으로 모셨어요."
 "계약이요? 우리 미현이 만날 수 있나요? 혹시라도 저를 원망하지는 않던가요?"
 지상은 울음을 삼키며 조심스레 물었다.
 "잘 지내고 있어요. 그리고 이곳에 왔을 때도 미현 씨는 지상 씨 걱정만 했어요."

지상은 지금도 생생하게 기억하는 그날의 기억을 떠올리며 한탄하듯 말했다.

"결혼을 앞두고 자주 싸웠어요. 그런데 그날은 유난히 모든 일이 뜻대로 풀리지 않았어요. 회사에서는 갑자기 거래처에 다녀오라고 하고, 급하게 나오는 바람에 휴대폰도 사무실에 두고 왔죠. 거래처 공장에 품질 이슈가 터져서 늦은 시간까지 있을 수밖에 없었어요. 그래도 약속한 시각에 도착할 수는 있겠다 싶었는데, 지름길로 가다가 접촉 사고가 나서 결국엔 가지 못했어요. 또 싸울 것 같아 그냥 집에 와서는 피곤해서 그냥 잠들었어요. 그런데 다음 날, 미현이가 죽었다는 연락을 받았어요. 하필 그날. 모든 게 제 탓이에요."

"지상 씨 탓이 아니에요. 미현 씨를 죽인 사람의 잘못이죠."

지상은 북받쳐 오르는 죄책감과 후회의 눈물을 흘렸다. 연인의 죽음에 충격을 받은 상태에서 연인을 죽인 살인범에게 자신 또한 죽었다는 사실에 지상은 끓어오르는 분노와 슬픔을 감추지 못하고 한참 동안 어깨를 들썩이며 울었다. 숙희는 그가 조용히 안정을 찾을 때까지 가만히 기다려 주었다.

"유지상 씨, 당신의 선택에 따라 저승으로 갈지 혹은 다른 곳으로 갈지 모르겠지만 한 가지는 확실하게 알려 줄 수 있어요.

이미현 씨는 당신을 사랑했고, 당신을 원망하지 않았어요."

*

 계속해서 끊기는 전화에 미현은 불안감이 몰려왔다.
 "왜 안 받는 거야?"
 입술을 잘근잘근 깨물며 불안감을 감추려 했지만 좀처럼 진정되지 않았다. 사라지지 않는 메시지의 숫자를 보며 미현은 다시 전화를 걸었다.
 뚜뚜뚜.
 지상이 계속해서 전화를 받지 않자, 미현은 허탈하게 침대에 주저앉았다. 며칠 전에 다툰 일이 문제였던 건지, 점점 무심한 듯한 지상의 태도에 미현이 쏘아붙이자 한숨을 내쉬며 한 말이 귓가에서 사라지지 않았다.
 "하아, 지친다. 나 지금 너무 힘들어. 내일 다시 얘기하자."
 그날 밤, 지상과 헤어질까 봐 두려웠던 미현은 밤새도록 전화를 걸었지만 지상은 끝내 받지 않았다. 미현은 불안함에 잠도 못 자고 '헤어지자'라는 메시지를 보냈다가 이내 '미안해'라는 말을 남겼다. 아침이 되어서야 미안하다는 말과 오늘 밤에 보자는 약속에 마음이 놓였는데, 약속한 시간이 지나도록 연락이 오지 않았다. 답답한 마음에 고개를 든 미현은 한쪽 벽에 걸린 거울 속의 모습을 바라보았다. 예쁘게 보이고 싶어 지상이 좋아하는 원피스까지 입었는데 연락 한 통 없자 원피스를 벗어 버렸다.

"하, 됐어. 그냥 다 끝난 거야."

눈물에 번진 화장을 지우고 미현은 다시 휴대폰을 들여다보았다. 기다리던 연락도, 메시지도 없었다. 텅 빈 대화창을 들락거리던 미현은 답답함이 도무지 가라앉지 않자 친구 현지에게 전화를 걸었다.

뚜루루 뚜루루.

"어, 뭐야? 오늘 데이트한다며?"

"우리… 헤어졌어."

현지는 미현의 말에 잠시 말을 잇지 못했다. 불과 몇 주 전까지만 해도 내년에 결혼한다더니.

"헤어졌다고? 왜? 싸운 거야?"

현지의 말에 미현은 올라오는 울음을 참으며 말을 이어 나갔다.

"헤어진 거 맞아. 며칠 전에도 싸웠는데 오늘은 아예 연락도 안 되고 전화도 안 받아."

"우선 포차로 와. 거기서 얘기하자."

이제는 정말 끝났다고 울먹이는 미현의 말에 현지는 한숨을 내쉬며 약속 장소로 향했다.

둘이 자주 가던 포차에 퉁퉁 부은 눈으로 앉아 있는 미현을 본 현지는 웃음을 터트렸다.

"푸흣. 야! 이미현 뭐야! 완전 퉁퉁 부었는데?"

"씨이, 몰라. 나 진짜 끝났어. 열받고 속상하고 슬프고 어이없고 그냥 복잡해."

현지의 장난스러운 말에 미현은 투덜거리면서도 결국 웃음을 터트렸다.

"으이구, 진짜 헤어진 거 맞아? 저번에도 헤어졌다며 울고불고 난리더니 지상 씨 오니까 바로 헤헤거렸잖아."

그때 기억이 떠오른 미현은 씁쓸하게 웃음을 지었다.

미현은 현지와 소주 한 잔 들이켜고 젓가락으로 단무지를 뒤적거리며 말했다.

"지상이가 지쳤다고 하더라. 근데 나 같아도 지칠 것 같아. 내가 많이 집착했잖아."

미현은 지금 이 순간에도 지상의 연락을 기다리며 휴대폰만 바라보는 자신이 우스웠다. 현지는 미현의 기분을 돋우기 위해 일부러 밝은 목소리로 소리쳤다.

"야! 괜찮아. 사람이 좋아하면 그럴 수도 있지. 우울할 땐 떠나야 해. 우리 간만에 부산이나 갈까? 이번 주에 당장 가자! 이 언니가 쏜다!"

 갑작스러운 부산 여행 계획과 하나둘 늘어나는 술병에 미현과 현지는 시간 가는 줄 모르고 웃고 떠들었다. 술기운인 때문인지 마음이 한층 가벼워진 두 사람은 내일 보자고 약속하고는 헤어졌다.

 새벽 2시. 현지와 헤어지고 집 앞에 도착한 미현은 문득 이상한 느낌에 고개를 돌렸다. 검은 후드티를 입은 남자가 서 있는 모습에 놀라 뒤로 물러서자, 남자는 원룸 건물 계단으로 올라갔다. 현관문 잠금 해제되는 소리에 문을 여는데, 순간 뒤에서 느껴지는 강한 충격과 함께 검은 그림자가 미현을 덮쳤다. 그게 마지막 기억이었다. 다음 날, 현지가 싸늘하게 처참한 모습으로 죽어 있는 미현을 발견했다.

*

 지상과 연락이 되지 않아 걱정되는 마음에 집으로 찾아온 순혜는 비상키로 문을 여는 동시에 아들에게 무슨 일이 생겼다는 것을 직감적으로 느꼈다. 여기저기 쌓인 쓰레기 사이로 느껴지는 불쾌한 공기. 지상의 흔적이 전혀 느껴지지 않았다. 실종 신고를 하자 단순 가출로 치부하는 경찰의 태도에 순혜가 아들을 찾아 달라고 강력하게 요청했지만, 경찰은 기다려 달라는 말만 남기고 돌아갔다. 순혜는 불길한 예감을 애써 지우며 집을 치우기 시작했다.

'이럴 리가 없어. 우리 지상이가 이렇게 사라질 애가 아닌데.'

이상하게 자꾸만 불길한 예감이 들었다. 왜 이리 가슴이 두근거리고 진정되지 않는 건지. 여자친구가 죽고 나서 어떤 말을 건네도 아들에게는 닿지 않았다. 수줍은 모습으로 순혜를 찾아와 인사하던 두 사람이 생각나 절로 가슴이 아려 왔다. 사랑하는 사람이 살해당했는데 과연 제정신인 사람이 있기나 할까. 지독한 고통에 회사도 그만두고 집에만 있는 아들이 고통을 이겨 내길 바랐는데, 더 자주 와서 챙겨 줬어야 한다는 생각이 떠나지 않았다. 시간이 흐르면 다시 웃을 거라고, 이겨 낼 수 있을 거라고 믿었던 자신이 원망스러웠다. 불길한 예감을 애써 지우며 어지럽혀진 아들의 집을 치웠다. 순혜는 몇 시간 동안 쌓여 있던 쓰레기를 버리고, 바닥을 쓸고 닦은 후, 거뭇해진 걸레를 빨려고 욕실에 앉았다. 지저분한 방과 달리 유독 깨끗한 욕실을 보고 순혜는 이상함을 느꼈다. 욕실 변기부터 군데군데 살펴보던 순혜는 세면대 아래쪽에 있는 검붉은 자국을 보고 깜짝 놀라 바닥에 주저앉았다.

"에구머니나!"

피가 튄 것 같은 자국에 순혜는 다시 한번 세면대 아래쪽을 들여다보았다.

'이게 대체 뭐지? 설마, 그런 일이…. 아닐 거야, 아닐 거야.'

순혜는 떨리는 손으로 112를 눌렀다.

"네, 112센터입니다."

"저, 우리 아들 집인데요. 그러니까 화장실에… 무언가가 있어요. 우리 아들이 연락이 안 되는데, 화장실에 피… 핏자국이…. 제발 와 주세요. 여기는….".

떨리는 목소리로 간신히 주소를 전달한 순혜는 거실로 나와 망연자실한 표정으로 욕실만 바라보고 있었다.

'아니야, 아닐 거야…. 설마 아닐 거야.'

생각이 자꾸 최악의 상상으로 치달았지만, 순혜는 고개를 세차게 흔들며 마음을 다잡았다.

잠시 후 경찰이 도착하고, 순식간에 폴리스 라인이 설치됐다. 곧이어 감식반이 몰려와 우르르 집 안으로 들어갔다. 욕실부터 지문과 족적을 채취하는 감식반과 통제하는 경찰들 모습에 동네 주민들이 건물 앞을 기웃거리며 웅성거렸다. 순혜가 불길함에 발을 동동 구르며 문 앞을 서성이자, 짧은 스포츠머리에 단정한 인상의 남자가 다가왔다.

"남구경찰서 김한철 형사입니다. 유지상 씨 어머니 되시죠? 아드님에 대해 몇 가지 여쭙겠습니다."

"네, 말씀하세요."

"아드님과 연락이 끊긴 건 언제부터입니까?"

"두 주 정도 됐어요. 여자친구가 죽은 뒤로 거의 집에만 있었어요. 그래도 일주일에 한 번은 꼭 연락했는데 두 주 전부터는 전화가 꺼져 있어서 집에 와 봤더니 물건은 그대로 있고…. 말없이 어딜 가는 애가 아니라서 실종 신고를 했어요."

"흐음…."

김한철은 유지상 여자친구의 죽음이 그의 실종과 연관이 있다고 직감했다. 단순한 실종 사건으로 보기엔 욕실에서 발견된 혈흔 반응이 심상치 않았다.

"더 확인해 봐야겠지만, 우선 아드님 여자친구에 관한 이야기를 조금 더 들을 수 있을까요?"

순혜는 기억하기도 싫다는 듯 힘겹게 입을 열었다.

"이미현이라고, 이름처럼 애가 참했어요. 몇 번 안 봤지만 누가 봐도 서로 좋아하는 게 훤히 보였죠. 아들이 그렇게 좋아하는 걸 처음 봤어요. 그런데 작년에 집에서 살해당했어요. 아직도 범인을 못 잡았다고 들었고요. 그 충격에 아들이 회사도 그만두고 매일 인터넷에 목격자 찾는 글을 올리는 데만 몰두했어요."

순혜는 살인범을 찾겠다고 인터넷에 글을 올리는 아들을 볼 때마다 마음을 졸였는데, 이제는 그조차 못 볼까 봐 두려워졌다.

"그런데 갑자기 이렇게 사라지다니. 우리 아들 잘못된 건 아니겠죠? 형사님, 제발 우리 지상이 좀 찾아주세요. 우리 아들이 무슨 죄가 있다고 이런 일이 일어나는지 모르겠어요. 우리 아들 좀 꼭 찾아주세요."

"아직 정확한 상황이 밝혀지지 않았습니다. 조사 결과가 나오는 대로 바로 연락드리겠습니다."

"제발 부탁드립니다. 우리 아들 좀 찾아주세요. 제발, 꼭 부탁드립니다."

"최선을 다하겠습니다. 저희에게 맡기고 돌아가 계세요."

아들을 찾아 달라고 애원하는 순혜에게 한철이 할 수 있는 말은 그저 '기다려 달라'는 것뿐이었다.

한철이 마지막 희망이라도 되는 듯 순혜는 거듭 부탁하며 떨어지지 않는 발걸음을 옮겼다. 축 처진 걸음으로 멀어지는 순혜를 바라보던 한철은 다시 빌라 안으로 들어가며 후배 형사에게 전화를 걸었다.

"작년 이미현 살인사건 자료 모두 확인하고, 이 근처 CCTV 모두 확보해!"

한철의 능수능란한 지시에 팀원들이 분주하게 움직였다. 한편, 인현과 숙희도 그 현장을 모두 지켜보고 있었다.

"그놈이 핏자국을 남겼을 리가 없는데."

숙희의 의구심 섞인 말에 인현은 조용히 입꼬리를 올리며 말했다.

"그놈이 남긴 거 아닙니다. 결벽증에 강박증까지 있는 놈입니다. 염라께서 결정적인 단서를 몇 가지 그대로 복원해 주셨습니다. 유지상 씨 죽음이 헛되지 않도록."

숙희는 천천히 고개를 끄덕이며 안도의 한숨을 내쉬었다.

"천만다행이네요. 그런데 유지상 씨 어머니가 직접 발견해서 마음이 좋지만은 않네요."

"유지상 씨 변고를 가장 먼저 눈치챈 분이라 어쩔 수 없었습니다."

인현과 숙희는 핏자국 외에도 자신들이 남겨 놓은 증거를 경찰들이 찾는 것을 확인하고 조용히 사라졌다. 이로써 유지상 사건은 단순 실종 사건에서 살인 사건으로 전환되며 대대적인 수사가 시작되었다.

"하, 아무리 생각해도 뭔가 수상해."

한철은 의자에 기대 팔짱을 낀 채로 이미현 사건과 유지상 사건의 연결점이 무엇인지 골똘히 생각에 잠겼다. 그때 사무실 문이 벌컥 열리며 국과수 검사 결과지를 손에 든 후배가 뛰어들어왔다.

"선배님! 세면대에서 발견된 혈흔은 휘두름 이탈 혈흔으로 확인됐고, DNA 검사 결과 또한 유지상 씨로 나타났습니다."

"젠장, 살해가 확실하단 말이네. 그런데 목격자도 없고 시체도 없으니, 정말 미치겠구먼."

'분명 시체를 옮기려면 큰 가방이나 차량을 이용해 옮겼을 텐데.'

국과수에서 보내온 결과지를 본 한철은 지상이 죽었다는 사실을 확인할 수 있었다. 시체를 훼손한 것이 확인된 이상 토막 살인일 거란 생각이 들었다.

"선배, 국과수 결과가 이렇게 나오면 토막 살인이 유력할 거 같은데요. 시체를 옮기려면 분명 큰 가방이나 차량이 필요했을 텐데, CCTV에는 아직 유력한 용의자가 나타나지 않았습니다."

'여행 가방과 차량을 이용하지 않고, 옮길 방법이... 뭐가 있을까?

'한철은 문득 떠오르는 생각에 모니터 앞에 앉아 CCTV 영상을 처음부터 다시 뒤지기 시작했다. 한참 영상을 살펴보던 한철이 일어나 소리쳤다.

"야, 빌라 근처 지하실 부근이랑 리어카, 쓰레기차 이동 동선 전부 확인해. 그 사람들 신원도 파악하고, 쓰레기가 모이는 곳이 어디인지도 조사해!"

CCTV 카메라 우측 가장자리에 모자를 쓰고 허리가 구부정한 남자가 리어카를 끌고서 지나가는 모습이 포착됐다.

*

지상이네 식당.

순혜는 벽에 걸린 지상의 사진을 바라보다가 다시 나물을 다듬었다. 아들이 제발 빨리 돌아오기만 바라며 부지런히 나물을 다듬고 국을 끓였다. 정신없이 점심 장사를 마무리하고 자리에 앉는 순간 휴대폰 벨이 울렸다.

"여보세요?"

"안녕하세요, 남구경찰서 김한철 형사입니다. 어제 오후 1시경, 유지상 씨의 시신이 화원 낙동강 다리 밑에서 발견됐습니다. 죄송합니다. 유족 신원 확인이 필요해서 연락드렸습니다."

한철은 참혹한 시신의 상태를 차마 구체적으로 말하지 못했다. 하지만 사실을 전해야 했기에 깊이 숨을 들이쉬고 말을 이었다.

"시신이 많이 훼손된 상태라 양해 부탁드립니다. 오늘 방문 하시겠습니까?"

전화기 너머로 들리는 한철의 말에 순혜는 뒤통수를 맞은 듯 한동안 정신을 차릴 수 없었다.

'시신이라니….'

"어머님, 들리십니까? 몇 시쯤 방문 가능하십니까?"

"지금 갈게요."

"기다리고 있겠습니다."

망연자실해 앉아 있던 순혜는 혹시나 하는 생각에 급하게 식당을 뛰쳐나갔다.

'우리 아들이 아닐 수도 있어….'

경찰서 앞에 선 순혜는 숨을 깊게 들이마셨다.

'내 아들이 아닐 수도 있어. 혹시 모르니까 나한테 신원 확인을 부탁한 거겠지. 그래, 아닐 거야. 아니면 되는 거야. 경찰들이 우리 아들이라고 오해하고 있을 수도 있으니까!'

안내를 받아 도착한 곳은 냉기가 가득한 영안실이었다. 한 가운데 냉장고 문이 열리고 살짝 걷힌 하얀 천 사이로 심하게 훼손된 얼굴이 보였다. 순혜는 한눈에 알아봤다. 자신의 하나뿐인 아들이었다.

"얘가 왜 여기…. 지상아, 일어나 봐. 눈 좀 떠 봐, 지상아. 엄마 왔어. 눈 좀 떠 봐, 아들….."

순혜는 떨리는 손길로 차가운 지상의 얼굴을 어루만지다가 아들의 몸이 온전치 않다는 사실을 깨달았다. 이를 지켜보던 한철이 제지하려고 손을 뻗었지만, 걷힌 천 사이로 참혹하게 훼손된 아들의 시신을 본 순혜는 결국 정신을 잃고 쓰러지고 말았다.

지상의 장례 후, 순혜는 식당도 닫고 멍하니 사진만 들여다봤다.

"지상 엄마, 밥 먹어."

정미는 나날이 여위어 가는 순혜를 보다 못해 다그쳤다.

"지상 엄마, 언제까지 이럴 거야! 먹고 기운 차려야지. 내일이 지상이 49제야. 이러고 있으면 어떡해! 밥 좀 먹고 내일 잘 보내야 할 거 아냐!"

정미가 밥숟가락을 들이밀어도 순혜는 입을 꾹 다문 채 사진에서 눈을 떼지 않았다. 지상의 장례식부터 매일같이 순혜를 챙기던 정미는 결국 답답한 마음을 참지 못하고 소리쳤다.

"지상이 이렇게 억울하게 보낼 거야? 그렇게 만든 놈 얼굴은 보고 죽어야 할 거 아냐!"

정미의 말에 움찔한 순혜가 정미를 향해 물었다.

"그, 그놈 잡았대?"

멍한 표정으로 되묻는 순혜의 모습에 정미는 숟가락을 쥐여 주며 말했다.

"정신 차려. 왜 이렇게 정신을 놓고 있어. 그놈 잡히는 거 봐야지. 그놈은 두 눈 시퍼렇게 뜨고 돌아다니는데, 너 이러다 죽으면 우리 지상이 한은 누가 풀어 줄 거야! 정신 똑바로 차려. 순혜야, 너마저…. 너마저 이렇게 가 버리면 안 되잖아. 제발…."

버석하게 말라 버린 순혜를 껴안고 미정은 큰 소리로 울고 말았다. 조그마한 식당이 빼곡히 들어선 골목길에 서글픈 울음소리가 길게 퍼져 나갔다.

*

저승서점에 머무는 동안 지상은 매일 순혜 곁에 머물렀다. 자신이 떠나면 혼자 남을 어머니 걱정에 쉽게 발걸음이 떨어지지 않았다. 어머니를 위해 여러 날을 고민하던 지상은 마지막 날이 되어서야 소원을 정했다.

"제 소원은 동생이 생기는 거예요. 아버지 떠나보내고 저만 보고 사신 분이라 혼자 견디지 못하실 것 같아 걱정되네요. 동생 있는 친구들이 부러웠는데 이제야 소원을 이루겠어요. 엄마랑 동생이랑 돈 걱정 없이 따뜻하게 오래오래 잘 지내면 좋겠습니다."

지상은 홀로 남은 어머니에 대한 애틋한 마음에 자신이 아닌 다른 가족을 보내 주고 싶다는 소원을 빌었다.

숙희와 인현은 처음 해 보는 대공사에 긴장감을 감추지 못했다. 동생을 갖고 싶다는 유지상의 소원을 이루기 위해 인연이 될 사람을 찾고 찾았다. 그의 소원을 이루어 주기 위해 숙희는 조용히 숨을 들이켜며 마음을 가다듬었다.

작은 시장 골목에 가로등 불빛이 하나둘씩 켜지기 시작하는 저녁 무렵. 숙희는 '지상이네'라는 간판이 걸린 허름한 식당 앞에 섰다. 그리고 저 멀리서 천천히 다가오는 한 청년을 바라보았다. 오늘은 없었던 인연을 처음부터 쭉 있었던 것처럼 운명을 새겨 넣는 일이었다. 운명 조작. 인현은 주변에 다른 인연이 꼬이지 않도록 결계를 치고, 숙희는 심호흡한 뒤 용의 바늘을 손에 쥐었다.

"숙희 님, 이름을 세 차례 번갈아 부르고 붉은 실이 보이면 그 바늘로 촘촘히 연결하면 됩니다."

숙희는 숨을 고르듯 잠시 눈을 감았다가 그 청년과 순혜의 이름을 조용히, 아주 나지막이 읊조리기 시작했다.

유승찬.

정순혜.

유승찬.

정순혜.

유승찬.

정순혜.

투명하던 붉은 실이 서서히 선명해지며 두 사람의 가슴 언저리를 중심으로 살랑살랑 흔들렸다. 숙희는 손에 든 바늘로 붉은 실들을 하나하나 조심스레 엮었다.

태어나자마자 보육원에 버려진 승찬은 보육원 원장의 성을 따라 유승찬이란 이름을 갖게 되었다.

부모가 누군지 모르고 자랐지만 밝고 고운 심성을 가진 승찬은 순혜의 식당 단골이었다. 오늘도 아르바이트를 마치고 자주 가는 식당 앞에 승찬이 도착하자 시계가 거꾸로 돌아가기 시작했다.

여러 사람의 기억 속에 '유승찬'이라는 이름과 기억이 새겨지기 시작했다. 태어났을 때 모습, 옹알이하며 형에게 기어가는 모습, 형이 밥을 먹을 때 빤히 쳐다보는 모습. 어느 여름 형의 손을 꼭 잡고 아이스크림을 먹던 기억, 뛰다가 다쳐서 형에게 업혀 오던 기억, 그 모든 기억이 추억으로 차곡차곡 저장되기 시작하면서 주변 인연들에도 유승찬의 붉은 실이 연결되기 시작했다. 순혜부터 정미를 비롯한 이웃 사람들에게도. 마치 지금껏 함께 살아온 듯 유승찬의 존재감이 새겨지고 있었다. 인연을 조작하는 대공사였지만, 저승서점 보고에 있는 '용의 바늘' 덕분에 한결 수월했다. 유승찬과 순혜 주위로 촘촘히 이어진 붉은 실들이 너풀거리기 시작했다. 작은 기억 하나, 스쳐 지나가는 감정 하나조차도 틈이 생기지 않도록 모든 실을 정교하게 엮었다. 순혜의 식당에 승찬의 기억이 담긴 물건들까지 새겨지자 너풀거리던 붉은 실이 투명하게 변해 사라졌다. 인연이란 단지 스치듯 만나는 것이 아니라, 서로의 마음과 시간을 엮어내는 일이다. 이름도, 기억도, 마음도 완전히 이어진 순간 유승찬과 순혜는 진짜 가족이 되었다.

*

 오늘도 방 안에서 들려오는 엄마의 흐느끼는 소리에 승찬은 모르는 척 부지런히 움직였다. 가방을 내려놓고 능숙하게 앞치마를 매고 쌀을 씻었다. 두부와 고추, 파, 무를 썰어 냄비에 넣고 밑반찬을 꺼내자 식당 문이 열리는 소리가 들렸다.

드르륵.

옆집 정미 아줌마였다.

"승찬아, 이거!"

"이모! 어제 주신 반찬도 남았는데."

정미가 건네준 반찬을 접시 위에 조심스럽게 담는 승찬을 보며 정미는 흐뭇한 미소와 함께 칭찬을 아끼지 않았다.

"아이고, 우리 승찬이 어쩜 이리 예쁠까? 기특해 죽겠네. 우리 아들."

적막한 분위기를 덮으려는 듯 정미는 일부러 소란스럽게 승찬의 볼을 꼬집었다.

"앗, 이모! 아파요."

승찬도 일부러 장난을 받아치며 환하게 웃었다. 자신마저 힘들어하면 엄마가 더 힘들까 봐, 아무렇지 않은 척 미소를 지었다.

"감사해요, 이모. 잘 먹겠습니다. 이따가 저 아르바이트 가는데 우리 엄마 좀 살펴봐 주세요."

"걱정하지 말고 잘 다녀와. 아, 맞다! 이놈의 건망증. 이걸 깜빡했네!"

정미는 부랴부랴 앞치마에서 5만 원짜리 두 장을 꺼내 승찬의 주머니에 쑤셔 넣었다.

"엄마가 맡겨 놨어. 너 내일 면접이라며. 차비 하라고 미리 주더라. 면접하러 가는데 머리가 이리 덥수룩해서 어떡해. 미용실 이모가 내일 아침 8시에 미용실로 오래. 잊지 말고 꼭 가. 알았지?"

"안 그러셔도 되는데…. 감사합니다."

"감사하긴. 엄마가 얼마나 당부하던지 귀에 딱지가 앉을 정도였어. 어서 밥 챙겨 먹고 잘 다녀와. 이따 이모가 엄마랑 같이 있을 테니 걱정 말고."

일부러 자신을 챙겨 주는 정미의 마음을 알기에 승찬은 고개 숙여 인사하고 밥상을 차렸다. 정미는 애잔한 눈빛으로 승찬을 바라보다가 조용히 문을 닫고 나갔다.

오늘도 순혜는 지상의 사진을 가만히 들여다보고 있었다. 흐르는 눈물을 훔치며 사진을 만지작거리던 그때, 무언가 이상한 느낌에 사진을 다시 바라보았다. 아들 지상 옆에 조그마한 아이가 손을 잡고 서 있었다.

'어? 누구지?'

찰나의 순간, 벼락같은 진실이 순혜의 머릿속을 내리쳤다.

'우리… 승찬이? 우리 승찬이는 어디에 있지?'

드르륵.

조심스럽게 방문이 열리고 작은아들 승찬이가 밥상을 들고 들어왔다. 순혜는 아무 말도 하지 못한 채 그저 바라볼 수밖에 없었다. 승찬은 익숙한 듯 엄마 앞에 밥상을 놓고, 숟가락을 손에 쥐여 주었다.

"엄마, 내가 우리 엄마 좋아하는 된장찌개 끓였어. 엄마 닮아서 그런지 된장찌개 맛이 끝내 줘! 그러니까 다 먹어야 해!"

순혜는 해맑은 표정으로 애교 섞인 말을 하는 승찬의 얼굴을 떨리는 손으로 천천히 더듬었다. 축 처진 눈매, 곧은 콧대, 뽀얀 피부. 분명 처음 보는 얼굴인데도 왠지 익숙했다.

그때 승찬의 이마에 흉터, 어릴 때 지상이와 놀다가 탁자에 부딪혀 몇 바늘을 꿰맸던 자국이 순혜의 눈에 띄었다. 순혜의 눈동자가 사정없이 떨리기 시작했다.

'내 아들 우리 지상이, 우리 승찬이…. 지상이가 승찬이가….'

그제야 깨달았다. 자신이 얼마나 정신을 놓고 있었는지.

'내가 미쳤지, 미쳤어. 지상이 보내놓고 승찬이마저 혼자 내버려두다니.'

순혜는 흘러내리는 눈물을 닦을 겨를도 없이 승찬을 덥석 껴안았다. 자신에게는 아직 지켜야 할 자식이 있다고. 이런 순혜의 마음을 아는지 승찬 또한 순혜를 끌어안고 간절하게 부탁했다.

"엄마, 형은 좋은 데 갔을 거야. 그 멍청이, 너무 착해서 하늘에서 일찍 데려간 것 같아. 엄마가 계속 이렇게 울면 그 멍청이는 못 떠나. 그러니까 이제 형 보내 주자. 이제 그만 울고 같이 밥 먹자. 나 배고파."

승찬의 간곡한 부탁에 순혜가 밥상 앞에 앉았다. 형이 죽고 처음으로 엄마가 자신을 봐 줬다는 사실에 승찬의 눈에 눈물이 맺혔다. 순혜가 승찬을 지켜보다가 밥 한 숟가락을 뜨자 승찬도 같이 밥을 먹으며 서로의 온기를 나눴다. 숙희와 인현은 두 사람의 인연의 실이 완전히 엮인 것을 확인한 뒤로도 오랫동안 두 사람을 지켜보았다.

*

먼저 죽은 이미현의 소원은 너무나도 간단했다. 사랑하는 유지상이 자신을 잊고 좋은 인연을 만나게 해 달라는 것이었다. 하지만 유지상 또한 같은 살인범에게 죽는 바람에 소원이 무효가 되어 다시 계약을 맺었다. 지상의 희생으로 많은 사람의 운명이 지켜진 공을 인정받아 다음 생에서는 원하는 혜택을 받을 수 있게 되었다.

"감사합니다. 덕분에 마음 편하게 갑니다."

인현의 딱딱한 말에도 지상은 적응된 듯 환한 미소로 답했다.
"감사합니다. 덕분에 안심이 되네요."
 인현과 숙희 그리고 유지상은 함께 경계 마을로 향했다. 마을 입구에 서 있는 미현을 본 지상은 연인을 향해 달려가 품에 안았다. 두 사람이 환하게 웃는 모습에 숙희와 인현은 미안함과 고마움을 가슴 깊이 새겼다. 미현과 지상의 책은 한 세트로 판매하기로 했다. 같은 날 환생할 수 있게 하려는 배려였다. 이로써 책이 팔리는 순간까지 두 사람은 경계 마을에서 같이 지내게 되었다. 환생 후 두 사람이 원한다면 다시 만나겠지만, 어떤 인연으로 다시 엮이게 될지는 숙희도 인현도 장담할 수 없다. 하지만 안타깝게 헤어져야 했던 두 사람은 지금 함께 있다는 사실만으로도 행복했다.
"감사합니다. 미현이와 같이 있을 수 있게 해 주셔서 감사합니다. 제 마지막 소원 잘 부탁드립니다."

 지상은 허리를 굽혀 인사하고 경계 마을로 들어갔다. 숙희와 인현은 삼도천으로 향하는 길을 걸으며 살인범에게 어떤 벌이 적당할지 고민했다.
"저는 그놈이 아프다며 감옥에서 나와 병원에 들락날락하는 건 싫어요."

"아파도 아프지 않게 해야겠군요. 약은 제가 찾겠습니다."

"넵. 그런데 인현 님은 연애해 보셨어요? 두 사람 보니 너무 부럽네요."

"흠, 현실의 사랑은 대출과 같습니다. 감정이 크면 클수록 이자도 큰 법이죠. 연애의 끝을 보고 싶다면, 저승의 인기 드라마 〈사랑과 전쟁〉을 추천합니다. 특히 (시즌 4)가 가장 재미있습니다."

"아, 안 해 보셨구나. 미안해요."

"왜 그런 결론이 나오는 겁니까? 아닙니다."

"아, 네."

인현의 단호한 말에 숙희가 웃으며 고개를 끄덕였다. 저승서점으로 돌아가는 길에 두 사람은 하늘에 은은히 빛나는 달을 보며 지상과 미현의 명복을 빌어 주었다. 드디어 오늘 밤 살인범에게 합당한 벌을 주기 위해 만반의 준비를 마쳤다.

"숙희 님, 보고관에 다녀오셨습니까?"

"네, 거기서 영혼의 사슬 챙겨 왔어요. 인현 님은요?"

"저도 서천 꽃밭에 있는 청명초를 가져왔습니다."

"가장 적절한 선물을 준비하셨군요."

"그런데 아직 잡히지 않았는데 다른 희생자가 없는 것 맞죠?"

"네, 지금은 명부에도 나오지 않았으니 안심하셔도 됩니다.

검거는 사흘 뒤입니다."

"그러면 이제 그놈이 있는 곳으로 가실까요?"

*

침대에서 뉴스를 보던 남자가 벌떡 일어났다.

"누구야!"

어디선가 느껴지는 시선에 불을 켜고 집 안을 둘러보았지만 아무도 없었다. 대문 밖을 살펴봐도 인기척이 느껴지지 않자, 문단속을 다시 하고는 침대에 누웠다.

휴대폰을 들고 천장을 보는 순간, 위에서 자신을 내려다보는 남녀의 모습에 남자는 화들짝 놀라 일어섰다.

"뭐, 뭐야…."

"안녕?"

"이렇게 다시 보니 반갑군."

남자는 꿈인지 생시인지 모를 상황에서 베개 밑에 숨겨 둔 칼을 꺼내 휘둘렀다.

"꺼져! 꺼지라고!"

갑자기 나타난 두 사람을 향해 칼을 휘둘러도 물을 베는 것처럼 아무 변화가 없었다. 벗어나기 위해 문고리를 잡자 칠흑 같은 어둠이 남자를 감쌌다. 도망가기 위해 이곳저곳으로 뛰었지만 아무것도 없는 깜깜한 공간이었다.

"사람 죽일 때와는 다른 모습이네?"

"너희 뭐야!"

"숙희 님, 이제 시작하시죠."

인현의 말에 숙희는 영혼의 사슬을 펼쳐 남자에게 던졌다. 뜨겁게 불타오르는 사슬이 남자의 살 속을 파고들며 몸속으로 사라지자 그의 입에서 찢어질 듯한 비명이 터져 나왔다.

"끄아아아악!"

"자, 건강하게 오래 살아야지."

인현이 비명을 지르는 남자의 입에 초록색 알약을 넣고 삼키게 했다.

"청명초를 먹은 이상 너는 맑은 정신으로 사슬이 파고드는 아픔을 느낄 것이며, 고통에 정신을 놓으려 해도 놓을 수 없을 것이다. 자해를 해도 새살이 돋을 것이며, 죽으려 해도 되살아날 것이다."

인현에 말에 남자의 눈동자에 공포가 깃들기 시작했다. 죽고 싶어도 죽지 못한다니. 지금 느끼는 이 고통을 끊임없이 느껴야 한다는 사실에 남자는 무릎을 꿇고 두 손을 모아 잘못을 빌기 시작했다.

"잘못했습니다. 잘못했습니다. 제발 살려주세요!"

"고통이 올 때마다 너의 죄를 고하고 잘못을 빌면 고통이 잦아들 것이다."

마지막 말을 하고 인현과 숙희가 사라지자, 남자는 고통에 못 이겨 자신의 모든 죄를 얘기하기 시작했다.

자신이 키우던 반려견부터 수많은 동물 그리고 자신이 살해한 사람에 대해 잘못을 빌었지만 그저 기계처럼 말하며 고통이 사라지기만을 바라는 남자의 모습에 숙희는 치가 떨렸다.

"하, 지금이라도 죽일까요?"

"이놈은 사람이라고 할 수 없군요."

얼마 후 연쇄 살인범에 관한 뉴스가 전국을 떠들썩하게 했다.

'희대의 살인마, 연쇄 살인범 검거.'

'여섯 명을 살해한 살인마 검거.'

'희대의 엽기 살인 행각… 끊이지 않는 의문점들.'

'연인의 죽음을 파헤치던 남자도 죽였다.'

'여중생 토막살인 범인 10년 만에 검거.'

서울교도소 수용동에서 동료 수감자를 폭행해 독방으로 옮겨진 4448번을 감시하던 교도관은 교대 근무자에게 인계 사항을 전달했다.

"오늘도 몸부림을 쳤으나 다른 이상은 없습니다."

"약은?"

"얌전히 삼켰습니다."

"확인했습니다. 수고하십시오."

인계를 마친 교도관이 동료에게 조용히 속삭였다.

"저 새끼 또 연기하는데요?"

"저놈 아프다고 해도 절대 내보내지 마. 꾀병이니까."

 매일 밤 밀려오는 고통에 남자의 눈이 초점 없이 허공을 맴돌았다. 뜨거운 사슬이 파고드는 고통에 몸이 떨리기 시작했다. 남자의 몸을 감싼 붉은 사슬은 오늘도 살을 태우는 소리와 함께 남자의 몸속으로 파고들었다.

무화수

서연은 버릇처럼 은경의 SNS를 넘겨 보았다.

에메랄드빛 바다가 보이는 곳에서 칵테일 잔을 들고 환하게 웃는 은경을 보자 씁쓸한 웃음이 새어 나왔다.

그토록 친했던 친구 사이에 생긴 거리감은 좀처럼 좁혀지지 않았다. 일러스트레이터로 잘 나가는 은경이 부러우면서도 자랑하는 모습이 꼴사나워 보이는 게 못난 질투심이라는 걸 알고 있었다. 유명한 책 표지 작업, 수강생 교육, 유명한 기업과의 컬래버, 수많은 팔로워, 자유로워 보이는 일상.

작은 회사의 사무직으로 겨우 취직한 자신과 너무 비교되었다. 서연은 의미 없이 휴대폰 화면을 손으로 쓱쓱 올렸다. 고양이가 주인의 노랫소리에 맞춰 소리 내는 영상을 보고 웃음을 터트렸다.

"앗! 푸흐흐."

재밌는 영상을 쭉쭉 보다가 어느 순간 밀려오는 공허함에 서연은 멍하니 천장을 바라보다 눈을 감았다. 벌써 새벽 2시. 7시에 일어나려면 억지로라도 눈을 붙여야 했다.

"제발, 제발 빨리 와라."

지각이 코앞인 서연은 초조하게 시계를 확인하며 엘리베이터 버튼을 연신 눌러 댔다. 20층에서 내려오지 않는 엘리베이터 때문에 소리라도 지르고 싶은 걸 겨우 참았다.

"왜 이렇게 안 오는 거야! 제발, 제발!"

몇 분 지나 도착한 엘리베이터 안에는 학교에 가는 아이들이 가득했다. 이래서 아이들 등교 시간을 피하려고 했는데 알람 소리를 듣지 못하고 잠든 자신이 원망스러웠다.

그나마 회사가 10분 거리라 다행이었다. 부지런히 뛰어 도착하니 지각 5분 전. 서연은 회사 복도를 달려가 헐떡이는 숨을 참고 조심스레 문을 열었다. 바로 문 앞에 있던 정애가 작게 손짓하자 서연은 자신의 자리로 가 참았던 숨을 내쉬며 컴퓨터를 켰다.

"늦잠 잤어? 다행히 오늘은 사장님이 점심 지나서 온대. 걱정하지 마. 아이고, 이 땀 좀 봐라."

정애가 휴지를 꺼내 서연의 이마를 가볍게 닦아 주었다. 서연은 멋쩍게 웃으며 고개를 끄덕였다.

"죄송해요. 알람 소리를 못 들어서."

"고생했네. 오늘은 좀 편하게 해. 사장님도 늦게 나오는데."

"고마워요, 언니."

서연은 거친 숨을 가다듬기 위해 물을 마시고 숨을 크게 내쉬며 메일부터 확인했다. 아침부터 기력을 뺀 탓인지 허기가 몰려왔다.

"정애 언니, 오늘은 점심 뭐 먹어요?"

"어떡하지? 나 오늘 남편이 오기로 했어. 불편하지 않으면 같이 먹을래?"

"앗! 아니에요. 언니 남편분이랑 점심 맛있게 드세요. 저는 뜨거운 국물이 당겨서요."

"호호호, 알았어. 맛있게 먹어."

가방을 들고 콧노래를 부르며 나가는 정애의 모습을 보고 서연도 지갑을 챙겨 사무실 문을 잠그고 국밥집으로 향했다.

든든하게 속을 채우고 들어온 서연은 시원한 아메리카노를 들이켜며 의자에 앉아 눈을 감았다. 점심시간이 끝나기 10분 전, 휴대폰이 울렸다. 사장 전화였다.

"네, 사장님."

"서연 씨, 오늘은 공장에 계속 있어야 해서 사무실에 못 들어갈 거 같아. 내가 메일 하나 보낸 거 있을 거야. 거래처에 모레 아침까지 자재 좀 꼭 보내 달라고 주문해 줘요. 꼭 급하다고 말해 주고. 부탁해요."

"네, 알겠습니다."

전화를 끊고 메일을 여니 한숨이 절로 나왔다. 거래처에 전화해 아쉬운 소리를 하고 빨리 택배로 보내 달라고 요청해야 하는 일이 쉽지 않았다. 정애가 도착하자 서연은 내용을 전달하고 첫 번째 거래처부터 전화를 걸었다.

"안녕하세요, 우신기업 사무실입니다. 이번 자재 관련해서 수량이 있을까요? 모레 아침까지 꼭 도착해야 하거든요. 죄송하지만 오늘 안으로 택배 발송 부탁드려도 될까요?"

그렇게 한 통, 두 통 전화를 돌리는 사이 시간은 어느새 오후 4시를 넘기고 있었다.

"서연아, 다 돌렸어?"

"하아, 이제 세 군데만 더 전화하면 돼요. 사장님은 왜 미리 주문을 안 하시는 거예요? 매번 힘 빠져요."

"재고 안 만들려고 그러는 거지. 그래도 늦는다고 막 뭐라 하시는 분은 아니니까 너무 걱정하지 마. 얼른 전화 돌리고 퇴근 준비하자. 요새 휴대용 선풍기 주문이 많아서 그런가 봐."

서연은 퇴근 후 녹초가 된 몸을 이끌고 터덜터덜 집으로 향했다. 씻고 나와 휴대폰을 확인했지만, 자신을 찾는 건 대출 광고 문자뿐이었다. 자연스럽게 SNS에 접속한 서연은 가장 먼저 눈에 들어온 은경의 게시물을 보았다. 고등학교 때 함께 어울리던 친구들과 찍은 사진이 올라와 있었다. 고등학교 3년 동안 내내 붙어 다니던 친구들이 자기만 빼고 만나고 있었다.

'아⋯.'

서연은 친구들의 사진을 보는 순간 바닥으로 푹 꺼지는 느낌이 들었다. 언제부턴가 자신을 피하는 친구들. 이유도 모른 채 연락 한 통 없었는데, 자기들끼리는 여전히 친하게 지내고 있다는 사실에 배신감이 느껴졌다.

'대체 왜 이러는지 이유라도 알고 싶은데.'

문득 어느 날부터 단톡방도 조용하고, 연락해도 오지 않는 전화를 기다렸던 게 떠올랐다. 서연은 핸드폰을 내려놓고 이불을 머리끝까지 뒤집어썼다. 괜히 우울한 마음에 눈물이 날 것 같아 눈을 감고 잠을 청했다.

*

고3 겨울 방학 전, 친구들과 수능이 끝난 기념으로 시내로 향했다.

"서연아! 빨리 와. 애들 기다려!"

절친 은경의 목소리에 서연은 후다닥 가방을 메고 교실 문 앞으로 달려갔다.

"은경! 오늘은 우리랑 놀 수 있는 거 맞지?"

"어, 엄마 아빠한테 허락받았어."

"좋아, 가자!"

고등학교 3년 내내 사총사로 불리며 함께한 지혜, 정희, 은경, 서연은 단골 떡볶이집으로 향했다. 넷이 떡볶이를 먹고 코인 노래방에서 노래를 부른 뒤, 인생 네 컷을 찍으며 까르르 웃었다.

"야, 이 사진 진짜 잘 나왔다. 나 이걸로 줘."

"나는 세 번째 사진."

"야! 나도 세 번째 사진 할래!"

"너 저번에 예쁜 거 가져갔잖아!"

서로 잘 나온 사진을 가지겠다며 티격태격하는 동안에도 즐거운 웃음소리가 가득했다.

자주 가던 놀이터에 앉자, 서연은 깊은 한숨을 내쉬었다.

은경은 위로하듯 서연의 어깨를 살며시 토닥여 주었다.

"나 청주로 가도 잊으면 안 돼."

서연의 말에 은경은 눈을 동그랗게 떴다.

"당연하지! 너 바보야? 방학 때마다 볼 건데!"

장난스럽게 서연의 이마를 툭 치며 은경이 웃었다.

"어차피 우리 단톡방도 있고, 영상통화도 하고, 매일 연락하자."

지혜가 두 팔을 벌려 서연을 안으며 말을 이었다.

"청주 가서 멋진 남자들 꼬셔 놔! 이 몸이 내려갈 테니."

"청주에 매운 만두 맛집 있다는데 우리 먹으러 가자!"

정희도 고개를 끄덕이며 맞장구쳤다.

"진짜 와야 해! 나 혼자 떨어져서 너희랑 멀어질까 봐 겁나. 나 잘할 수 있을까?"

항상 친구들 사이에서 응석을 부리는 서연을 위해 친구들은 다정한 위로를 건네며 다독여 주었다. 그러다가 은경이 휴대폰을 꺼내 카메라를 켰다.

"떨어져 있어도 우리는 함께야! 힘들 때마다 이 사진 보면서 힘내자. 자, 다들 모여! 찍는다!"

찰칵.

청주의 국립대학교에 입학한 서연은 기숙사에서 지내며 대학 생활에 서서히 적응해 갔다. 처음 몇 달간은 매주 집에 올라갔지만, 친구들과 시간 맞추는 게 쉽지 않아 올라가는 주기가 점차 길어졌다. 첫 여름 방학, 오랜만에 친구들을 만나서 놀 생각에 들뜬 마음으로 나갔지만 대화 속에는 서연만 모르는 이야기가 하나둘 늘어나기 시작했다. 처음엔 셋이 같은 학교라서 그런 거라고 넘겼지만, 점점 줄어드는 친구들의 대답에 서연은 조금씩 소외감을 느꼈다. 서연이 서운해하자 겨울 방학 날짜에 맞춰 일본 후쿠오카로 우정 여행을 떠났다. 하루 종일 관광을

즐긴 후 숙소로 돌아온 밤. 지혜와 정희가 먼저 잠들고, 은경과 서연은 아쉬움에 맥주를 마셨다. 서연은 잔을 기울이며 조심스레 말했다.

"요새 솔직히 소외감을 좀 느꼈어. 근데 이렇게 다시 너희랑 함께 있으니까 진짜 좋다."

은경은 서연의 말에 빵 터지며 아니라는 듯 고개를 흔들었다.

"그냥 대학 생활에 적응하느라 바빴던 것뿐이야. 우리가 변할 리 없잖아. 그리고 서연아, 이건 너한테 처음 말하는데 나 남자친구 생겼어."

"진짜? 축하해! 왜 말 안 했어!"

"여름 방학 때 고백받았는데, 언제 헤어질지 몰라서 말 안 했지. 헤헤."

은경이 몇 번 약속을 미뤘던 게 남자친구 때문이었다는 생각이 들자 왠지 모를 씁쓸함이 밀려왔다. 친구들이 먼저였던 자신과 달리 은경의 경우 우선순위가 달라졌다는 것을 느꼈다. 모든 비밀을 터놓던 사이였는데, 은경이 몇 달 동안 남자친구 얘기를 숨겼다는 사실에 서운함이 올라왔다. 하지만 아무렇지 않은 척 축하 인사를 건네고 은경과 수다를 떨다가 잠이 들었다. 일본 여행을 다녀온 후 다시 가까워졌다고 느꼈지만, 친구들과의 만남은 쉽지 않았다. 각자 동아리 활동과 아르바이트를 하는 친구들에게 놀아 달라고 할 수 없었던 서연은 조용히 혼자서 방학을 보냈다.

'그래, 나도 내 생활에 좀 더 집중하자. 다들 바쁘니까.'

청주로 내려온 뒤에도 친구들이 단톡방에서 모임을 제안할 때마다 서연의 마음에 조금씩 서운함이 쌓였다. 주말에는 다들 바쁘다며 평일에 만나자고 했고, 서연의 의견은 묻지 않았다. 하지만 서연은 내색하지 않고 자신도 바쁜 척했다. 점차 서울에 올라가지 않았고, 집에 가더라도 가족들과 시간을 보내고 돌아오는 일이 많아졌다.

친구들에게 느끼는 서운함과 달리, 청주에서의 대학 생활 역시 쉽지 않았다. 낯선 환경에 홀로 적응해야 하는 어려움과 동기들과 어색함 속에서 서연은 점점 외로움을 느끼며 주눅 들어갔다.

그러던 어느 날, 은경에게 전화가 걸려 왔다.

"서연아, 나 청주터미널이야. 너 보고 싶어서 왔어."

갑작스러운 연락에 서연은 기쁨에 가득 차 터미널로 달려갔다.

"은경아!"

반기는 마음이 가득한 자신과 달리 웃는 은경의 표정에 어딘가 모를 불안한 기색이 역력했다. 대학가 근처 호프집으로 자리를 옮겨 이야기를 나누던 중 은경의 휴대폰이 계속 울렸다. 불안해하는 은경의 모습에 서연은 은경의 손을 잡고 쳐다보았다.

"은경아, 너 무슨 일 있어?"

은경은 잠시 망설이다가 조용히 입을 열었다.

"사실, 털어놓을 사람이 너밖에 없어서…."

은경이 말을 꺼내지 못하고 머뭇거리자, 서연은 가만히 기다려 주었다.

"무슨 일인데. 나한테 얘기해도 돼."

몇 차례 심호흡을 한 은경이 결심한 듯 말을 꺼냈다.

"서연아, 진짜 비밀 지켜 줄 수 있어?"

"당연하지. 무슨 일이길래 그래?"

"실은 나 협박받고 있어."

"뭐? 협박? 누구한테?"

"남자친구가 동영상으로 협박하고 있어."

은경의 눈가에 맺힌 눈물이 뺨을 타고 흘러내렸.

서연은 충격에 말을 잇지 못하다가, 이내 분노와 걱정이 뒤섞인 표정으로 은경의 손을 꼭 잡았다.

"은경아, 네 잘못 아니야. 그 자식이 나쁜 놈인 거야. 우리 경찰에 신고하자."

서연이 당장이라도 일어설 듯 움직이자 은경은 급히 친구의 손목을 붙잡으며 고개를 세차게 흔들었다.

"안돼, 제발. 안돼…. 경찰서에서 연락만 와도 바로 영상을 올리겠대. 나 정말 무서워. 어떻게 해야 해?"

때마침 울린 알람에 은경은 휴대폰을 서연에게 내밀었다. 언제 돈 보낼 거냐는 독촉 문자였다. 모든 내용을 본 서연은 단호한 목소리로 물었다.

"은경아, 이 자식은 왜 너를 협박하는 거야?"

"처음엔 투자한다고 하더니 알고 보니 스포츠 도박으로 빚까지 졌더라고. 메꾸지 못하면 죽는다고 해서 대출까지 받아 줬거든. 계속 돈을 요구하길래 헤어지자고 했더니, 나를 찍은 영상이 있다며 그걸 빌미로 계속 돈을 요구하고 있어."

"이거 진짜 위험한 상황이야. 너 혼자 감당할 수 없어. 이렇게 계속 협박당하면서 살 수는 없잖아."

은경은 눈을 질끈 감고 고개를 숙였다.

"안 돼. 부모님하고 친구들이 알게 되면 난 끝이야."

계속 울리는 독촉 문자에 서연조차 손이 벌벌 떨릴 정도였다. 은경이 얼마나 무서웠을지 울컥 눈물이 새어 나왔다.

"은경아, 네 잘못 아니야. 부끄러워할 일도, 숨을 이유도 없어. 그 자식이 잘못한 건데 왜 네가 무서워해야 해. 내가 같이 있어 줄게."

 은경은 공포 어린 시선으로 서연을 쳐다보며 말했다.

 "하지만 사람들은 그렇게 안 봐. 다 나만 욕할 거야."

 "아니야. 그 자식은 네가 두려워하는 걸 아니까 계속 협박하는 거야. 이대로 가면 더 끔찍한 일을 당할 수도 있어. 괜찮아, 내가 옆에 있어 줄게. 같이 신고하자."

 거듭된 서연의 설득에 은경은 휴대폰을 들어 신고 버튼을 눌렀다. 신고 이후, 모든 일은 예상보다 빠르게 진행됐다. 다행히 은경을 괴롭히던 동영상은 존재하지 않는다는 사실이 확인되었고, 남자친구는 협박죄로 검찰에 기소되었다. 조사 과정에서 은경은 두려움에 떨면서도 서연의 손을 잡고 담담히 진술을 이어 나갔다. 남자친구의 부모는 잘못을 인정하며 합의금을 제안했고, 견디기 힘들었던 은경은 합의금을 받고 사건을 마무리했다. 힘든 시간을 보내던 은경은 서연과 자주 연락하며 예전처럼 가까워졌다.

 몇 개월이 흐른 후, 오랜만에 네 명이 모여 술잔을 기울였다.

 "근데 은경아, 너는 남자친구 안 사귀어? 얼굴도 예쁜데 왜 아직 솔로야? 우리 서연이도 마음 가는 사람 없어?"

 지혜의 말에 은경이 몸서리치며 입을 열었다.

"실은 나 남친 있었어. 근데 이상한 놈한테 걸려서. 아휴, 생각도 하기 싫어."

"뭐? 진짜? 언제?"

은경은 그동안 숨겨 왔던 이야기를 꺼냈다.

"얘들아, 고마워. 진짜 내 편인 너희들이 있어서 너무 좋다. 솔직히 서연이가 도와주지 않았다면 용기 내지 못했을 거야. 다시 한번 고마워."

서연은 고개를 흔들며 은경의 손을 꼭 잡아 주었다.

"아니야, 친구인데 당연하지. 대신 남자 보는 눈 좀 키우자!"

그 말에 모두 웃음을 터뜨리며 분위기가 한층 밝아졌다. 그때부터 서연은 은경의 일거수일투족을 참견하기 시작했다.

"은경아, 그 남자는 왠지 눈빛이 이상해."

"은경아, 그 남자 양아치 아냐? SNS 보니까 죄다 여자들만 팔로우 걸고 다니더라."

"은경아, 나이 차가 너무 많이 나는 거 아냐?"

"너 저번에 그일 잊었어? 남자 보는 눈 키운다며!"

얼굴도 이쁘고 성격도 좋은 은경에게 다가오는 남자들이 걱정되어 하는 말에 은경도 처음에는 좋게 들었지만, 어느 순간부터 서서히 거리를 두기 시작했다. 서연이 메시지를 보내도 전화를 걸어도 응답하지 않는 일이 많아졌다. 지혜와 정희에게도 연락해 봤지만, 두 사람 모두 잘 모른다는 말만 했다.

'대체 내가 뭘 잘못했길래. 차라리 내가 뭘 잘못했는지 말이라도 해 주면 이렇게 억울하진 않을 텐데.'

가장 믿고 친했던 친구들과 멀어진 후, 서연은 점차 혼자만의 시간이 늘어갔다. 아르바이트를 해도 사소한 실수와 갈등으로 인해 일을 그만두는 일이 반복됐고, 그럴수록 서연은 점차 고립되어 갔다. 엄마의 성화로 겨우 시작한 회사 생활도 서연에게는 버거웠다. 그러던 어느 날, 우연히 본 은경의 SNS는 잊고 있던 감정을 다시 끌어올리며 마음 깊은 곳을 찔렀다. 몇 년이 지나서야 친구들이 자신만 피했다는 사실에 충격이 몰려왔지만, 할 수 있는 건 아무것도 없었다.

'너네는 나 없이도 잘 지내는구나.'

순간 친구들이 자신을 버렸다는 생각에 미움이 북받쳐 올랐다. 화려하고 행복해 보이는 은경의 SNS를 보면 서연과 전혀 다른 세상 이야기처럼 느껴졌다. 그러면서도 오늘은 은경이 뭘 했는지, 어디를 갔는지 궁금해 견딜 수 없었다. 회사에서도 계속 일에 집중하지 못하고 휴대폰만 들여다보다가 여러 번 경고를 듣기도 했다. 잠시 일을 끝내고 본 것뿐인데. 자잘한 실수에도 혼나는 일이 계속되자 서연은 사람들이 자신을 무시한다는 생각이 들었다.

"서연아, 괜찮아. 다 그러면서 일하는 거야. 너무 속상해하지 말고 집에 가서 푹 자. 주말 잘 보내고 월요일에 보자. 알았지?"

"서연아, 이거... 오늘 세 번째 말해 줬는데 아직도 모르면 어떡해."

"서연아, 메일 확인했어?"

계속되는 정애의 지적에서 벗어나고 싶었다. 반복되는 실수로 인해 사장에게 크게 혼난 서연은 아파트 단지 산책로 벤치에 앉아 멍하니 하늘을 올려다보았다.

'어디서부터 잘못된 걸까?'

지긋지긋한 이 모든 상황에서 벗어나 아무도 자신을 찾지 않는 곳으로 떠나고 싶었다.

다음 날 출근한 서연은 큰 금액대의 주문을 빠뜨렸다가 해고 통보를 받았다. 더는 일할 필요 없다는 사장의 말에 서연은 자신이 자주 가던 벤치에 앉아 한숨을 길게 내쉬었다.

'왜 자꾸 나한테만 이런 일이 생기는 거야.'

엄마에게 뭐라고 말해야 할지 눈앞이 깜깜했다. 집에 들어가지도 못하고 밖에서 한참 서성이는 자신이 불쌍해 견딜 수가 없었다.

"너 시집 안 갈 거야? 이력서는 내고 있어? 예전에는 안 그러더니 대체 왜 그래!"

저녁 내내 이어지는 엄마의 잔소리에 서연은 밖으로 나와 벤치에 앉아 맥주를 들이켰다. 지칠 대로 지친 서연은 한숨 돌릴 공간이 필요했다. 어김없이 들어간 은경의 SNS에는 화려한 도시 야경이 찍혀 있었다. 후줄근한 티와 반바지를 입고 맥주를 마시는 자신과는 너무나 대비되는 모습이었다.

"하아, 독립할까."

얼마나 시간이 흘렀을까. 저벅저벅, 발걸음 소리가 서연의 귀를 자극했다. 무심코 고개를 돌리자 한 남자가 눈에 들어왔다. 회색 후드티에 청바지를 입은 남자가 천천히 다가왔다. 서연의 눈앞에 선 남자의 얼굴이 가로등 불빛에 드러났다. 붉게 충혈된 눈동자. 새하얀 치아가 도드라지는 기묘한 미소. 서연은 이유를 알 수 없는 소름에 몸을 떨었다. 도망쳐야 한다는 직감에 몸을 일으키려 했지만 다리가 말을 듣지 않았다. 남자와 눈이 마주치는 순간, 서연의 기억이 뚝 끊겼다.

[사회] 늦은 밤 산책로에서 20대 여성 숨진 채 발견…경찰 수사 중
【○○=○○뉴스】

지난 밤 11시 30분쯤, 20대 여성이 산책로에 앉아 쉬던 중 변을 당했습니다. 현장에 출동한 경찰은 피해자의 몸에서 별다른 외상이나 상처는 발견되지 않았으며, 인근 CCTV에 사각지대가 많아 결정적인 단서 확보에 어려움을 겪고 있다고 밝혔습니다.

*

"이서연 씨, 괜찮아요?"

낯선 목소리에 깨어나 보니 가장 먼저 환한 빛이 떨어지는 나무가 보였다. 조금 전까지만 해도 아파트 단지 벤치에 앉아 있었는데, 지금 왜 여기에 있는지 알 수 없었다. 서연은 몸을 일으켜 주변을 둘러보았다.

"여긴 어디죠?"

"이서연 씨, 당신은 죽었습니다."

"뭐라고요? 제가 죽었다고요? 말도 안 돼."

서연이 고개를 숙이자 푸르스름한 빛을 띠는 자신의 몸이 보였다.

'내가 죽었다고? 왜?'

끝없는 암흑 속으로 가라앉는 기분이었다.

"저는 어떻게 죽은 건가요?"

서연의 입에서 간신히 흘러나온 목소리가 떨리고 있었다. 그 순간, 한 남자가 다가와 말을 건넸다.

"이서연 씨, 이곳은 저승서점입니다. 운명대로 살지 못하고 세상을 떠난 이들의 소원을 들어주는 곳이죠. 저희와 계약하겠습니까?"

자신이 살해당했다는 사실과 모든 사정을 들은 서연은 체념하듯 죽음을 받아들였다.

"다시 살지는 못하지만 제 소원을 말할 수 있다는 거죠?"

"네, 맞습니다. 당신은 예기치 못한 죽음을 맞았기에 이곳 저승서점으로 오게 된 겁니다. 계약하겠습니까?"

서연은 잠시 침묵하더니 조용히 고개를 끄덕였다.

"네."

"그럼, 소원을 말씀해 주세요."

서연은 입술을 달싹이다가 조심스럽게 말했다.

"사람들의 기억에서 제 존재를 지워 주세요."

그 말을 듣는 순간, 숙희는 몸을 움찔했다. 서연의 삶을 들여다본 숙희는 서연이 죽기 전에 자신과 비슷한 상황에 놓인 모습을 보고 동질감을 느꼈다. 외로움, 무력감, 잘하려 해도 되지 않는 답답함.

모든 것에 지친 서연의 소원이 아프게 와닿았다.

"존재를 지운다는 건 당신을 사랑했던 사람들의 기억에서도 완전히 사라진다는 뜻이에요. 당신이 사랑했던 모든 것도요. 정말 괜찮겠어요?"

"네."

"천천히 조금 더 생각해 보세요. 아직 시간이 남아 있으니까요. 49일 이내에는 언제든지 변경 할 수 있어요."

따뜻한 숙희의 말에 이어 차가운 인현의 목소리가 들려왔다.

"이서연 씨, 존재 자체를 사라지게 할 수 있습니다. 하지만 저희가 49일 이내에는 변경할 수 있게 한 이유가 있습니다. 그 시간만큼은 진정으로 자신이 원하는 것이 무엇인지 찾아보는 마지막 기회가 되길 바라기 때문입니다."

서연은 떨리는 손을 바라보다가 눈을 들어 인현의 얼굴을 바라보았다.

'내가 원하는 것?'

*

서연의 장례를 치르고 현관문을 여는 순간, 서연의 가족은 집 안에 섣불리 발을 들이밀지 못했다. 소파도 그대로고, TV도 꺼진 채 조용히 자리를 지키고 있는데, 말로 설명할 수 없는 텅 빈 느낌에 현관 입구에 한참을 멈춰 서 있었다. 세 사람은 집에 들어와 말없이 그 자리에 주저앉았다. 한참 동안 누구도 입을 열지 않았다.

 서연이 죽은 후 서연의 부모는 한동안 바쁘게 움직였다. 서연의 사망 확인. 서연이 다니던 회사부터 은행, 경찰서, 보험회사, 주민센터 등 세상은 서연의 존재를 빠르게 지우라고 시켰다. 서연의 부모는 주민센터에 가서 사망신고를 하고 온 날 밤새도록 사망확인서를 손에 쥔 채 울음을 삼켰다.

 서연의 동생 동호 또한 닥쳐온 슬픔과 다르게 막다른 현실을 맞이했다. 호기심 어린 눈빛으로 흘낏거리는 눈빛에 숨이 막혀왔다. 지나갈 때마다 수군거리는 모습과 동정 어린 눈빛으로 자신을 쳐다보는 시선들.

 아무렇지 않은 척 학교를 오가면서도 자신에게 물어오는 질문에 동호는 아무런 말도 하지 못했다. 가족이지만 자신은 누나에 대해 전혀 알지 못했다는 죄책감. 후회가 밀려왔다.

*

 숙희와 인현은 서연을 저승서점에서 머물게 했다. 서연은 출근도 없고 퇴근도 없이 한가로이 창밖을 보며 시간을 보냈다.

며칠 지나지 않아 인현이 서연에게 다가왔다.

"이서연 씨, 원래는 이곳을 떠날 수 없지만 숙희 님의 배려로 49일 동안 이승의 원하는 곳에 가실 수 있습니다. 떠나기 전에 당신이 가고 싶은 곳을 가 보십시오. 그때도 소원이 바뀌지 않는다면 그대로 계약하겠습니다."

인현의 말에 서연은 조용히 고개를 끄덕였다. 막상 죽었다고 하니 마음은 편한데 이상한 불쾌함이 계속해서 심기를 건드렸다. 이 문으로 나가면 어디로 갈까? 가족들이 힘들어하는 모습은 보고 싶지 않았다. 또한 자신이 없다고 해서 세상이 달라지지 않았을 것도 알기에 서연은 머뭇거렸다.

나를 기억해 주는 사람이 있을까?
나를 좋아해 주는 사람이 있을까?
잘 죽었다며 욕하지는 않을까?

서연은 자신이 살아온 삶을 떠올리자 왠지 모를 서글픔이 밀려왔다. 무엇 하나 특별한 기억이 없다는 사실이 마음을 더 무겁게 했다. 언제나 친구들의 삶을 부러워하기만 했던 기억이 떠올랐다.

삶과 죽음의 경계, 저승서점.

고작 문 하나를 사이에 두고 저 문 너머가 이승이라니.

서연은 문 너머로 지나가는 사람들에게 눈을 떼지 못하고 가만히 바라보았다. 그러다가 다시는 저런 일상을 누릴 수 없다는 사실을 문득 깨달았다. 죽으면 편할 줄 알았는데, 머릿속이 복잡한 생각으로 가득 찼다. 서연은 자유롭게 나갈 수 있음에도 불구하고 열흘이 넘도록 서점을 벗어나지 않았다. 그 모습을 숙희와 인현은 가만히 지켜보았다.

"인현 님, 서연 씨가 밖으로 나갈까요? 아무 말 없이 창밖만 바라본 지 꽤 돼서요. 정말 아무 미련 없이 자신을 지워 버릴까 봐 걱정돼요."

"나갈 겁니다. 조금만 더 기다려 보죠."

두 사람의 걱정에도 시간은 멈추지 않고 흘러갔다. 49일이 얼마 남지 않은 어느 날, 서연은 조용히 저승서점의 문고리를 조심스레 움켜쥐었다.

"다녀올게요."

초연한 미소와 함께 서연은 문을 나섰다. 문밖으로 나온 서연은 투명해진 자기 모습을 눈에 담았다. 그리고 마음 깊숙이 가장 확인하고 싶었던 사람 은경을 떠올렸다. 그러자 몸이 서서히 떠오르더니 이끌리듯 은경이 있는 곳으로 자연스럽게 흘러갔다. 은경이 있는 곳은 서울 강남 한복판의 고급 오피스텔이었다. 넓은 통창 너머로 강남의 화려한 불빛이 반짝였고, 사진에서 보았던 강력한 색감의 소파 위에 은경이 편히 누워 휴대폰을 보고 있었다. 소파 앞의 유리 탁자 위에는 고급 위스키병과 반쯤 비운 잔이 흐트러진 채 놓여 있었다.

'너는 여전히 행복하네.'

서연은 천천히 은경의 오피스텔을 둘러보았다. 수많은 명품 가방과 반짝이는 액세서리, 그리고 이곳저곳에 있는 고급스러운 물건이 눈에 들어왔다. 눈부시게 화려한 물건들이 은경의 삶을 화려하게 비춰 주고 있는 것 같았다.

"아, 씨발! 뭐야."

갑작스레 터져 나온 은경의 욕설에 서연은 조용히 다가가 은경의 휴대폰을 들여다보았다. 손톱을 물어뜯으며 초조하게 휴대폰을 보는 은경의 모습이 생소했다.

'참나.'

은경이 적은 글을 보는 순간 말문이 막혔다. 은경의 SNS에 서연의 죽음을 애도하는 글이 올라와 있었다.

고등학교 시절 서연과 함께 찍었던 사진과 함께 수많은 '좋아요'와 애도 댓글이 줄줄이 달려 있었다. 하지만 그 애도가 서연을 위한 것인지, 은경을 위한 것인지는 도무지 알 수 없었다. 서연은 한 댓글에 시선이 멈췄다.

'야, 너 진짜 웃긴다. 서연이 장례식장에 오지도 않았으면서!'

그 아래에는 은경을 옹호하는 수많은 댓글이 줄줄이 달려 있었다. 하지만 서연의 시선은 첫 댓글에서 쉽사리 떨어지지 않았다. 댓글을 단 사람의 이름을 본 순간, 가슴 깊은 곳에서 묘한 충격이 밀려왔다. 전혀 예상하지 못한 아주 낯익은 이름이었다.

정해랑.

3년 내내 같은 반이었지만, 서로 다른 무리와 어울렸기에 가까운 사이는 아니었다. 가끔 앞뒤 자리에 앉게 되어 쉬는 시간에 몇 마디 수다를 나누는 정도, 딱 그만큼 인연이었다.

'해랑이가 내 장례식장에 왔다고?'

서연은 문득 자신의 장례식장을 상상해 보았다. 조문객이라 해 봐야 가족이 전부였을 것이다. 같은 반이었지만 대화를 자주 하지 않았던 아이들이 의례적인 표정으로 고개만 숙이고 돌아갔을 수도 있다. 하지만 자신의 장례식장을 찾아와 준 해랑에게 왠지 모를 고마움을 느꼈다.

살아생전 가장 친하고 의지했던 은경조차 장례식장에 오지 않았단 사실을 알게 된 것은 덤이지만, 그래도 묘하게 가슴이 따뜻해져 왔다. 그런데 왜 굳이 은경의 SNS까지 찾아와 이런 댓글을 남긴 걸까? 그리고 은경은 왜 이리 불안해하는 건지 궁금했다.

서연이 해랑을 떠올리자 다시금 몸이 공중으로 가볍게 떠올랐다. 시선은 자연스레 해랑이 있는 곳으로 향했고, 어느새 그녀가 있는 장소에 도착했다.

해랑은 친구들과 호프집에 둘러앉아 맥주잔을 기울이고 있었다. 떠들썩한 친구들과 달리 해랑의 표정은 어딘가 무거웠다. 눈치를 살피던 정순이 휴대폰을 들어 은경의 SNS 사진을 보여 주었다.

"얘들아, 아무리 그래도 은경이가 이러는 건 어이없지 않아?"

다른 친구도 곧바로 맞장구를 쳤다.

"맞아. 참나, 동창회에서 서연이 욕을 그렇게 하더니 기사 올라오니까 이제 와서 슬픈 척, 힘든 척하는 거잖아. 딱 봐도 자기 이미지 관리용이지."

"그러니까. 누가 봐도 티 나더라."

그때 다른 친구가 조심스레 해랑을 바라보며 말을 이었다.

"근데 해랑아, 너 본계정으로 댓글 쓴 거 계속 퍼지던데. 괜찮아? 욕도 장난 아니던데."

그 말을 들은 해랑은 한동안 말이 없었다. 그러다가 친구가 따라 주는 맥주잔을 비우고 조용히 입을 열었다.

"일부러 본계정으로 올렸어. 익명으로 욕하는 건 솔직하지 못하잖아. 나 진짜 화났거든. 우리가 봤던 서연이는 그저 순하고 착한 애였잖아. 애들이 뒤에서 욕하는 것도 모르고 그저 좋다고 다니는 거 우리는 다 알았잖아."

해랑의 말에 친구들은 묻어 두었던 추억을 하나둘 꺼내 놓았다.

"맞아. 순둥순둥해서 어딘가 모르게 챙겨 주고 싶었어."

누군가가 조심스레 말을 꺼내자 다른 이도 곧장 거들었다.

"서연이 장난치면 리액션이 좋아서 재밌었지. 키키."

누가 먼저랄 것 없이 서연과 함께했던 크고 작은 이야기가 새벽까지 끊임없이 이어졌다. 서연은 자신이 기억하지 못하는 과거 이야기를 듣는 것이 낯설고 신기했다. 누군가가 자신을 이렇게 기억해 주고 있다는 사실에 가슴이 따스해졌다. 그 따스함 때문일까? 서연은 자신도 모르게 눈물을 흘리고 있었다.

친구들이 모두 떠나간 호프집에서 한참 동안 감정을 추스른 서연은 아침 해가 떠오를 무렵, 저승서점으로 돌아왔다. 숙희와 인현이 반갑게 맞이했다.

"잘 다녀오셨나요?"

서연은 조금은 편안한 미소로 답했다.

하지만 저녁이 되고 달이 뜨자, 다시 문 앞에서 망설였다. 은경이 대체 왜 그리 불안해하는지 궁금했다. 솔직히 다시 상처

받을까 봐 두려웠지만, 그래도 확인하고 싶었다. 문고리를 잡고 문을 연 서연은 다시 은경이 있는 오피스텔로 향했다.

서연이 도착하자마자 본 것은 한 남자의 손에 잡혀 이리저리 흔들리는 은경의 모습이었다. 항상 당당하고 환하게 웃던 은경이 눈을 질끈 감은 채 온몸을 떨고 있었다. 그 모습을 본 서연이 반사적으로 손을 뻗었지만, 투명한 손은 남자의 몸을 지나쳐 그대로 통과해 버렸다. 남자는 은경을 몇 차례 때리고 거친 욕설을 퍼부은 뒤 문을 박차고 나갔다. 남겨진 은경은 입을 틀어막고 애써 울음을 삼켰다. 서연은 생각지 못한 은경의 모습에 그 자리에 얼어붙은 듯 서 있었다.

"이서연 씨, 영혼은 산 자와 물리적으로 접촉하는 것이 불가능합니다."

등 뒤로 들리는 인현의 목소리에 서연은 천천히 고개를 돌렸다. 숙희가 조심스레 다가왔다.

"서연 씨, 괜찮아요? 친구가 계속 신경 쓰이나요?"

숙희의 질문에 서연은 쉽게 답하지 못했다. 왜 이토록 은경에게 집착하는지 자신도 이해할 수 없었다. 배신의 상처가 제대로 아물지 못한 채 남아 있었고, 그 모든 감정의 끝이 은경 때문인 것만 같았다. 침묵하던 서연이 힘겹게 입을 열었다.

"차라리 미워할 수 있게 잘 살지. 저는 정말 진심이었어요. 차라리 이유라도 말해 주길 기다렸어요. 언젠가는 내 진심을 알아줄 거라고. 아니 차라리 내가 미운 거라면 왜 미운지, 내가 뭘 잘못했는지라도 알려 주길 바랐어요."

숨을 깊게 들이쉰 서연은 고개를 떨군 채 떨리는 목소리로 말을 이어 갔다.

"이유 없이 멀어지는 친구들 때문에 너무 힘들고 답답했어요. 내가 뭘 잘못했을까, 나란 존재 자체가 불편한 건 아닐까 계속 생각했어요. 점점 작아지는 저 자신이 싫었어요. 아무리 노력해도 나만 뒤처지는 것 같고, 나만 혼자 멈춰 있는 것 같았어요. 나는 왜 저렇게 빛나지 못할까. 왜 나는 하는 일마다 엉망일까. 왜 나만 항상 이렇게 외로운 걸까. 저는 도대체 뭐가 그렇게 부족했던 걸까요?"

작게 내뱉은 한숨이 공기처럼 가볍게 흩어졌.

"그냥 저는 어디에도 끼지 못하고 늘 세상 밖 경계선에 있다는 생각이 들었어요. 지금처럼 손을 뻗어도 만질 수 없는 것처럼요. 결국 뭐 하나 이루지 못한 채 허무하게 죽었네요."

입술을 꾹 깨물며 서연은 눈가에 차오른 눈물을 억눌렀다. 서연의 말이 끝나고 한동안 아무 말도 들리지 않았다. 고통에 흐느끼던 은경이 침실로 들어가고 서연은 고개를 숙인 채 가만히

서 있었다. 숙희는 조용히 다가와 서연의 어깨에 손을 얹었다.

"이제 비로소 자기 마음을 들여다보셨네요. 잘했어요. 문밖으로 나설 수 있었던 용기도, 이렇게 솔직하게 마음을 표현하는 것도 대단한 용기예요."

숙희의 뜻밖의 위로에 서연은 참았던 울음을 터트리며 소리 내어 울었다.

마음 구석구석에 남았던 괴로움을 모두 쏟아 내듯 한참 울었다. 서서히 울음이 잦아들 무렵, 인현의 목소리가 들려왔다.

"마음은 보이지 않습니다. 그래서 때로는 무시되거나 왜곡되기도 하죠. 하지만 그렇다고 해서 그 마음이 사라지는 것은 아닙니다. 당신의 진심이 외면당했다면, 그저 상대방이 그 진심을 몰라 주었을 뿐입니다. 그러나 이서연 씨의 행동 또한 스스로 돌아보길 바랍니다. 모든 일에는 인과가 엮여 있으니까요."

단호한 인현의 말에 서연의 마음은 복잡하고 혼란스러웠다. 안 그래도 민폐만 끼치던 자신이 정말로 잘못했다면 어떡해야 할지 혼란스러웠다.

"그렇다면, 제가 다 잘못한 걸까요?"

작게 속삭이듯 물었지만, 그 말엔 자책이 담겨 있었다. 인현이 고개를 저으며 답했다.

"누구의 잘못을 따지라는 게 아닙니다. 그냥 왜 이렇게 되었는지 냉정하게 되돌아보라는 뜻입니다. 그리고 서연 씨가 모든 것을 알기에는 어린 나이였습니다."

인현의 말에 서연은 작게 고개를 끄덕였다.

"지친 것 같으니 일단 돌아가죠."

서연은 숙희의 손을 잡고 저승서점으로 향했다.

"보여 줄 게 있어요. 좀 쉬고 이따 봐요."

숙희의 말에 서연은 방으로 돌아가 힘없이 쓰러지듯 침대에 누웠다. 저승서점에서는 오감이 생생히 느껴지지만, 밖에서는 아무것도 만지지도 느끼지도 못한다는 것을 깨달았다.

'은경이는 왜 그런 모습일까? 나는 대체 뭘 확인하고 싶은 걸까? 그냥 사라지면 되는데.'

서연은 천천히 피하고 있던 과거의 기억을 마주하기 시작했다. 감정 소모가 컸던 탓인지 어느새 잠이 들었다.

똑똑.

가벼운 노크 소리에 서연이 천천히 눈을 떴다.

"서연 씨, 일어나세요. 밑에서 기다릴게요. 천천히 준비하고 오세요."

잠결에 몸을 뒤척이던 서연이 기지개를 켜며 몸을 일으켰다.

아직 정신이 몽롱했지만, 숙희가 기다리고 있다는 생각에 1층으로 내려갔다. 무화수 아래 큰 테이블 위에 정성스럽게 묶인 작은 주머니 하나가 놓여 있었다. 그 주머니를 바라보던 인현이 조용히 입을 열었다.

"숙희 님, 한승우 씨와 이서연 씨까지 저희가 파악한 것만 두 명인데 살인범의 흔적이 어디에서도 보이지 않으니 답답합니다."

"제발, 이 열매가 효과가 있으면 좋겠어요."

숙희가 주머니에서 붉은 열매를 꺼내 찻주전자에 넣고 뜨거운 물에 천천히 우려냈다. 서연이 소원을 그대로 고수한다면, 그녀를 죽인 존재조차 기록에서 지워지게 된다. 그래서 숙희는 서연의 49제가 되기 전에 저승서점 보고관에서 사라진 흔적의 향기를 추적할 수 있는 열매를 찾아냈다. 추혼과, 사라진 존재의 영혼이 남긴 미세한 흔적과 증거를 향기로 추적하는 저승의 특별한 열매였다. 서연이 내려오자 숙희가 차를 따라 조심스레 건넸다. 그런 다음 단도직입적으로 말을 꺼냈다.

"이 차는 추혼과라는 열매를 우린 차예요. 영혼의 흔적을 추적하는 특별한 열매죠. 서연 씨를 죽인 살인범을 찾기 위해 준비했어요."

서연은 잠시 말을 잇지 못하다가 조용히 말했다.

"저를 죽인 범인이 아직도 잡히지 않았군요. 잡혔으리라 생각했는데."

"이승과 저승을 모두 뒤져 봐도 쉽사리 존재가 드러나지 않네요."

서연이 차 한 모금을 마시자 은은한 향기가 퍼져 나왔다. 숙희와 인현은 열매의 능력이 발휘되는 것을 확인하고는 서로 마주 보며 고개를 끄덕였다. 차를 다 마실 때쯤 숙희는 물건 하나를 서연에게 건넸다.

"보여 드리려던 것은 이거예요."

서연은 숙희가 건넨 낯익은 물건을 보는 순간 놀라움을 감추지 못했다.

"이건."

서연의 손이 떨렸다. 그 앞에 놓인 것은 생전에 사용하던 휴대폰이었다.

"어, 어떻게."

"어쩌면 이게 서연 씨한테 가장 필요하다고 생각했어요. 지금이 바로 그 시기인 것 같아서요. 외진 구석에 떨어져 있던 것을 찾았어요."

"감사해요. 전혀 생각하지 못했던 터라."

오랜만에 느껴지는 휴대폰의 감촉에 서연은 벅찬 기쁨을 느꼈다. 휴대폰에 집착하는 사람처럼 보일 수도 있지만, 늘 가지고 다니던 휴대폰이 반가웠다. 방으로 돌아와 전원을 켠 순간,

밀려드는 알림 소리에 화들짝 놀라 휴대폰을 떨어뜨렸다. 조심스레 휴대폰 화면을 들여다보니, 자신이 세상을 떠난 뒤에 도착한 메시지와 부재중 통화 알람이 계속해서 들어오고 있었다.
 휴대폰에서 울리는 알람 소리가 마치 자신을 애타게 찾는 것만 같아서 왈칵 눈물이 쏟아졌다.
 자신이 몇 년 전에 올린 카페 노을 사진 밑으로 수많은 '좋아요'와 댓글이 달려 있었다.

#노을 #하늘 #혼자만의시간 #까페

@dongho_hh
누나, 보고 싶어..
ㄴ @gdkflk 친누나임? 헐 미친…. 누나 살해됨?? 기분이 어떰??

@hae_day
서연아, 지금 거기서 이렇게 예쁜 하늘 보고 있지?

@jj_bbom
네가 올린 마지막 노을 사진이 왜 이렇게 눈물 나는 건지….

@biwoo7
삼가 고인의 명복을 빕니다.

@xxx000011312
엥?? 이 사람 유명한 사람이야? 뭐야??
L @youbuxxxx 야, 꺼져. 여기 와서 이런 댓글 다는 거 자체가 지능 의심됨.
L@yhgjifo 정말 지능 의심됨.

@boom
 삼가 고인의 명복을 빕니다.
@minji_day
진짜야? 믿기지 않아….

@with_u_sy
하늘에서는 아프지 말고 행복하길. 넌 따뜻한 사람이었어.
@wonji.lee
이 계정 그냥 두지 말고 비공개로 해 주세요. 보는 사람 마음 아파요. 제발 범인이 빨리 잡히길….

@jihee_0410
뉴스에서 네 이름이 나왔을 때 심장이 멎는 줄 알았어. 그곳에서는 아프지 마.

그 외에도 문자나 톡으로 온 메시지가 쌓여 있었다.
'아프지 말고 그곳에서 행복하게 지내. 우리 나중에 천국에서 보자!'
'서연아, 나 기억나? 우리 고2 때 늘 앞자리에서 같이 졸았잖아. 같이 벌도 서고. 네가 그립다. 부디 편히 쉬어.'
'혹시나 네가 보고 있을까 봐 그냥 남긴다. 나는 잘 살고 있어. 너도 거기선 아프지 말고 잘 지내.'
'서연아, 나 지혜야. 아직도 믿기지 않아. 우리 여행 갔던 사진들 다시 꺼내 봤어. 무심했던 내가 미안해.'
이상한 댓글도 있었지만, 자기 죽음을 진심으로 슬퍼해 주는 사람들이 있다는 사실에 서연은 조금이나마 위안을 느꼈다. 그러던 중 익숙한 닉네임이 눈에 띄었다. 자신을 모른 척했던 지혜의 메시지였다. 여러 생각에 마음이 복잡해지던 순간, 가장 처음 도착한 동호의 메시지가 눈에 들어왔다.
'누나, 나 힘들어. 누나가 없는 집이 너무 이상해. 방문을 열면 누나가 있을 거 같은데 아무리 기다려도 누나가 안 와. 누나는 지금 천국에 있겠지? 거긴 따뜻해? 밥은 잘 먹고 있어? 거기선 힘들지 않아? 그냥 누나가 보고 싶어. 많이.'

 메시지를 읽는 내내 서연의 눈에서 눈물이 멈추지 않았다.

 한참이나 어린 남동생이 때로는 부끄러웠지만 언제나 귀여운 동생이었다. 서연이 의기소침해지고 동호가 사춘기 접어들면서 점점 대화가 줄었지만, 그래도 가끔 함께 장을 보던 남매였다.

'누나가 미안해. 힘들게 해서 미안해. 난, 정말 나만 생각했나 봐. 이렇게나 어린 너한테 따뜻한 말 한마디 해 주지 못하고.'

 메시지 속에는 자신이 죽은 후 남겨진 동생의 외로움과 그리움이 고스란히 담겨 있었다. 그제야 서연은 처음으로 모두를 버리고 떠난다는 것이 두렵게 느껴졌다. 그동안 소중함을 모르고 스쳐 보낸 지난날이 후회스러웠다. 서연은 자신이 얼마나 이기적이었는지 알게 되었다.

 가족이 어떻게 지내는지 왜 한 번도 생각하지 않았을까. 얼마나 아파할지 알면서도, 마주할 용기가 없어 죽어서도 피했던 것을 인정했다. 손에 쥔 휴대폰 속에 있는 가족과 친구들의 흔적이 이제는 닿을 수 없는 세상의 조각처럼 아득하게 느껴졌다. 그리움과 후회가 교차하는 마음 앞에서 서연은 한없이 작아졌다. 이틀 내내 방에만 머물던 서연이 마침내 방문을 나섰다. 용기를 내어 가족을 만나러 가기로 했다.

문 앞에는 숙희와 인현이 말없이 서연을 기다리고 있었다.
서연이 모습을 드러내자 숙희가 조심스럽게 입을 열었다.
"서연 씨, 당신을 해친 사람이 누군지 반드시 밝혀내 그에 합당한 대가를 치르게 할게요. 그게 모든 걸 해결해 주진 않겠지만, 지금 서연 씨가 가는 곳에서 후회 없이 모두 보고 오세요."
뒤이어 인현도 나지막한 목소리로 말했다.
"이서연 씨, 두 번 다시 오지 않을 이 시간을 마음껏 누리고 오시길 바랍니다."
정중한 인사에 서연도 조용히 고개를 숙인 뒤, 천천히 하늘로 떠올라 집으로 향했다. 오랜만에 발을 들인 집은 낯설게 조용했다. 언제나 활기찬 목소리로 반기던 엄마는 무심한 표정으로 조용히 칼질하고 있었고, 동호는 방 안에 틀어박혀 공부에 집중하는 척 고개를 숙이고 있었다. 아버지는 안방 침대에 누운 채로 눈을 감고 있었다.
잠시 후, 엄마의 노크 소리와 함께 세 사람은 말없이 식탁에 마주 앉았다. 식탁 위에는 세 사람의 식사뿐 아니라 서연의 몫까지 차려져 있었다. 식사가 끝나자 세 사람은 말없이 각자의 공간으로 흩어졌다. 엄마는 설거지하다 말고 식탁 위에 놓인 서연의 밥그릇을 바라보았다. 떨리는 손으로 밥그릇을 옮기고는 한참이나 주방 앞에 서 있었다.

서연은 엄마의 모습을 바라보다가 아버지가 있는 안방으로 향했다. 아버지는 침대에 기대어 멍하니 있다가 휴대폰을 열어 서연의 사진을 몇 번이고 천천히 쓸어 넘겼다.

동호는 책상 앞에 앉아 문제집을 펼쳐 놓고 있지만, 집중하지 못하고 멍하게 있었다. 그러다가 서연의 뉴스를 찾아보고 서연의 SNS에 들어가 사진들을 하나씩 클릭해 보기 시작했다.

고작 사진 몇 장 올라가 있는 SNS를. 동호는 소리 죽여 눈물을 훔치고는 다시 문제집을 들여다보았다.

울지 않는다고 슬프지 않은 것은 아니었다. 외치지 않는다고 아프지 않은 것도 아니었다. 가족들도 그저 꾹꾹 눌러 담은 밥처럼 마음속 슬픔을 각자 조용히 견디고 있을 뿐이었다.

"미안해. 나만 힘든 줄 알았어. 나만 아프고 나만 외로운 줄 알았어. 죽어서 편하다고 생각한 거 정말 미안해."

서연의 눈에 후회의 눈물이 맺혔다.

"이제 엄마랑 수다도 못 떨어. 아빠한테 투정도 부리지 못해. 동호한테 좋은 누나 노릇도 못 하고. 정말 미안해. 나 이제 어떡해."

서연의 어깨가 흔들리며 울음이 천천히 터져 나왔다. 서연은 처음으로 자기가 잃은 것이 얼마나 소중했는지 깨달았다. 그저 자신만이 상처받았다고 믿었던 지난날의 생각이 하나둘 떠올랐다. 그 모든 순간이 부끄럽고, 참을 수 없을 만큼 자신이 미웠다. 상처받았다고 믿으며 모든 것을 외면한 자신이 너무나 어리석게 느껴졌다. 죽고 나서야 비로소 알게 된 모든 것이 미치도록 그리웠다.

"서연아, 거기선 잘 지내지? 엄마는 잘 지내고 있어. 내 새끼 그곳에선 아프지 않겠지? 엄마가 정말 미안해. 그냥 많이 안아줄걸. 그냥 안아 주고 달래 줄걸. 엄마가 미안해. 정말 미안해."

엄마의 떨리는 목소리가 애잔하게 울려 퍼졌다.

서연은 조심스레 다가가 엄마를 끌어안으려 했지만, 몸은 허공을 스치듯 지나갔다.

"엄마, 내가 잘못했어. 미안해."

닿지 않는 말을 되풀이하며 서연은 한참을 흐느꼈다. 마음이 견딜 수 없이 무거워진 서연은 저승서점으로 돌아왔다. 숙희와 인현에게 다가가 떨리는 목소리로 간절히 말했다.

"저, 소원 빌게요. 계약해요. 제발 우리 가족들이 제가 죽었다는 사실을 잊으면 좋겠어요. 나쁜 년이라도 해도 좋아요. 그냥 제 존재를 완전히 지워 주세요."

숙희는 깊은 한숨을 내쉬며 서연의 눈을 조용히 바라보았다.

"아직도 서연 씨는 이기적이네요. 자식을 잃고 가족을 잃은 사람은 힘든 게 당연해요. 그리고 존재 자체를 지운다는 게 어쩌면 가장 쉽고 좋은 방법일 수 있어요. 하지만 서연 씨를 위해 소원을 빌면 좋겠어요. 그냥 자신을 위해 다시 한번만 깊이 생각해 보면 안 될까요?"

숙희의 진심 어린 말에 서연은 아무 말도 하지 않았다.

그 모습을 지켜보던 인현이 다가와 부드러운 목소리로 말했다.

"지금은 조금 쉬는 게 좋을 것 같습니다. 내일 다시 얘기하죠."

서연이 천천히 입을 열었다.

"나도, 나도 알아요. 내가 이기적인 거. 그런데 가족들이 힘들어하는 모습이 너무 가슴 아파요. 견딜 수 없을 만큼 아파요. 저 어떡하죠? 저 억울하게 죽었잖아요. 다시 살려 주면 안 돼요? 이제 진짜 잘 살 수 있는데. 이제 소중한 게 무엇인지 깨달았는데. 다시 못 돌아간다면서요. 다시 돌아갈 수 없는데 소원이 무슨 의미가 있나요?"

절규하듯 간절하게 내뱉는 서연의 외침에 숙희와 인현은 아무 말도 하지 못했다. 죽으면 다시 이전 생으로 돌아갈 수 없다는 법칙이 무겁게 가슴을 짓눌렀다.

"그래서, 미련이 남을까 봐... 그냥 사라지게 해 달라고 한 거였어요. 그런데 왜 나만 나쁘고 이기적이라고 하는 거예요?

대체 왜!"

서연의 처절한 외침에 숙희는 순간 정신이 멍해졌다. 자신 또한 서연처럼 자기 욕심에 스스로 목숨을 끊었다. 그리고 모든 인연이 끊기고 나서야 후회했다. 그래서 서연만큼은 자신과 같은 후회를 남기지 않길 바라는 마음에 다그쳤던 것인데, 되레 그 말이 서연에게 상처가 되었음을 깨닫자 미안함이 가슴 깊이 밀려왔다.

"미, 미안해요. 제가 몰랐어요. 그저 저와 같은 후회를 하지 않았으면 해서 했던 말인데, 오히려 상처를 드렸네요. 정말 죄송해요."

숙희는 고개를 숙이고 서연 앞에 무릎을 꿇었다.

"서연 씨, 내가 너무 경솔했어요. 다 알지도 못하면서 내가 감히 판단하고 다그쳤어요."

서연의 눈동자가 살짝 흔들렸다. 숙희는 여전히 고개를 숙인 채로 조용히 말을 이어 갔다.

"누군가를 위한다는 말로 결국엔 내 후회와 아픔을 강요했네요. 다시 한번 정중히 사과드립니다. 죄송합니다."

잠시 정적이 흘렀고, 서연은 말없이 숙희를 바라보았다.

"어, 어…."

숙희의 진심 어린 사과에 서연의 마음이 복잡하게 일렁였다.

처음엔 자신을 몰아붙이는 숙희가 미웠는데, 자기 잘못을 숨기지 않고 솔직히 인정하는 숙희의 모습에 점점 눈가가 뜨거워졌다. 어쩌면 자신이 바랐던 건 그저 이런 진심, 단 한마디의 사과였던 건지도 모른다. 그랬다면 오랫동안 아파하지 않았을 텐데. 그 순간 서연은 주저앉아 숙희를 껴안고 엉엉 울었다.

"죽고 나서야 이렇게 시원하게 울어 보는 것 같아요."

서연은 여전히 코끝이 시큰했지만, 조금은 후련해진 듯한 얼굴로 중얼거렸다. 숙희도 붉어진 눈으로 조심스레 웃었다. 두 사람은 서로를 바라보다가 퉁퉁 부은 눈을 보며 웃음을 터트렸다. 그때 조용히 뒤에서 지켜보던 인현이 손뼉을 치며 말했다.

"자, 두 분. 이제 다 우셨으면 계약 이야기를 시작해 볼까요?"

숙희는 눈을 깜빡이며 당황한 듯 되물었다.

"엥? 지금요? 내일 하면 안 돼요? 지금은 아닌 것 같은데요."

서연도 고개를 끄덕이며 푸념하듯 중얼거렸다.

"저도요. 원래 죽은 뒤에 울어도 이렇게 머리가 아픈가요?"

인현은 입꼬리를 살짝 올리며 장난스럽게 눈을 찡긋했다.

"그러면 시원한 물 한 잔씩 드릴까요?"

숙희와 서연은 웃으며 고개를 끄덕였다.

조금 진정되자 인현이 책상 위에 계약서를 올려놓았다.

"존재 자체를 없애는 것은 가능합니다, 이서연 씨."

인현은 서연을 바라보며 조심스럽게 물었다.

"지금도 그 생각 변함이 없습니까?"

서연은 천천히 숨을 들이켜며 마음을 가라앉힌 다음, 두 사람을 바라보며 말을 이었다.

"제가 나약해서 회피하려 한다는 거 알아요. 내 의지로 죽은 건 아니지만, 함께할 수 없다는 것이 이렇게 슬프고 아플지 몰랐어요. 그런데 이렇게 속 시원하게 울고 나니 문득 그런 생각이 들더라고요. 차라리 이렇게 울고 다 훌훌 털어 버릴걸, 혼자 끙끙 앓지 말걸, 나는 왜 힘들다는 말을 하지 못했을까 그런 생각이 들었어요."

서연은 잠시 고개를 숙였다가 다시 인현을 바라보며 말했다.

"그래서 저 소원 바꾸려고요. 다음 생에 우리 가족과 다시 태어나고 싶어요. 내게 준 사랑을 돌려줄 수 있는 사람이 되고 싶어요. 내 인생을 내가 가진 용기로 성취하는 삶을 살고 싶어요. 무너져도 다시 일어서는 용기를 가진 사람으로 태어나게 해 줄 수 있나요?"

숙희가 서연의 손을 맞잡으며 다정하게 속삭였다.

"서연 씨는 지금도 용기가 있는 사람이에요. 내일을 피하지 않고 마주하게 되었잖아요. 고마워요. 용기 내 줘서."

그 순간 비어 있던 책이 환하게 빛났다.

서연이 죽은 지 49일이 되기 전날 밤, 서연이 숙희를 꼭 안아 주었다.

"언니, 고마워요. 저 은경이도 다시 보고 왔어요. 예전만큼 밉지도 부럽지도 않아요. 저도 그랬더라고요. 은경이를 위한다는 말로 상처 주고. 은경이의 인생이었을 뿐인데 말이에요. 그냥 그런 생각이 들었어요. 헤헤, 저 경계 마을로 가면 꼭 놀러 오세요."

서연의 말에 숙희는 서연의 머리를 다정하게 쓰다듬었다.

"그리 오래 걸리지는 않을 거예요, 서연 씨. 가족들에게는 서연 씨의 기억으로 아파하지 않고 사랑하며 추억하는 마음이 들도록 보호 주문을 걸어 놨어요. 그러니 걱정하지 말아요. 아파하는 만큼 서연 씨를 사랑했다는 증거고, 기억하는 만큼 서연 씨가 소중한 존재였다는 걸 잊지 말아요."

49일 동안 함께 했던 서연이 마침내 삼도천을 건너 경계 마을로 떠나는 모습을 숙희와 인현은 조용히 지켜보았다. 무거운 짐을 내려놓은 듯한 가벼움과 동시에 시원섭섭함을 느낀 두 사람은 서로마주 보며 웃었다.

"자, 이제 다음 일을 시작하죠."

"네."

자정이 넘은 시각, 저승 서점 주변은 여전히 영혼들과 저승차사들이 주위를 맴돌았다.

이제는 능숙한 모습으로 영혼들을 맞이하는 두 사람은 분주하게 움직였다. 얼마 후 무화수에 작은 꽃봉오리가 하나씩 올라오기 시작했다.

무슨 일이 있어도 시간은 흐른다.
아무리 힘든 날이어도.

《맥베스》, 윌리엄 셰익스피어

저승서점

초판 1쇄 발행　2025년 9월 20일

지은이　여원
펴낸이　김수영

경영지원　최이정·박성주　　**마케팅**　박지윤·여원　　**브랜딩**　박선영·장윤희
교정.교열　김민지　　**표지 디자인**　디자인스튜디오 마음

펴낸곳　담다
출판등록　제25100-2018-2호 (2018년 1월 9일)
주소　대구광역시 달서구 문화회관길 165, 대구출판산업지원센터 402호
이메일　damdanuri@naver.com
인스타　@damda_book
블로그　blog.naver.com/damdanuri

ISBN　979-11-89784-56-0 (03810)

· 책값은 뒤표지에 표시되어 있습니다.
· 이 책의 판권은 지은이와 도서출판 담다에 있습니다.
· 이 책 내용의 전부 또는 일부를 재사용하려면 반드시 양측의 서면 동의를 받아야 합니다.

> 도서출판 담다는 생각과 마음을 담은 원고 투고를 기다리고 있습니다. 작가의 꿈을 이루고 싶은 분은 이메일 damdanuri@naver.com으로 출간기획서와 원고를 보내주세요.

도서출판담다